T0544101

GIANNI CELATI
QUATTRO NOVELLE SULLE APPARENZE

Feltrinelli

© Giangiacomo Feltrinelli Editore Milano
Prima edizione ne "I Narratori" ottobre 1987
Prima edizione nell'"Universale Economica" giugno 1989

ISBN 88-07-81080-8

Poiché noi siamo come tronchi d'albero nella neve. Apparentemente vi aderiscono sopra, ben lisci, e con una scossa si dovrebbe poterli spingere da parte. No, non si può, perché sono legati saldamente al suolo. Però guarda, anche questa è soltanto un'apparenza.

FRANZ KAFKA, Die Bäume

BARATTO

Racconterò la storia di come Baratto, tornando a casa una sera, sia rimasto senza pensieri, e poi le conseguenze del suo vivere da muto per un lungo periodo.

Verso la fine di marzo una domenica Baratto sta giocando una partita di rugby con la sua squadra. Nel primo tempo compie un paio di azioni in contropiede ed entrambe le volte si ferma a tre quarti di campo scuotendo la testa. Gli attaccanti della sua squadra non sono scattati in tempo per prendere i suoi lanci, ed entrambe le volte la palla è andata perduta. Gli sembra che la partita non lo riguardi, lo dice ad un giocatore con un orzaiolo sotto l'occhio che gioca in difesa con lui.

Per molto tempo a centro campo ci sono solo mischie seguite da fischi dell'arbitro, discussioni tra i giocatori, discussioni tra l'arbitro e i giocatori, e grida dell'allenatore dalla panchina. Nel frattempo Baratto passeggia sulla linea di fondo guardando per terra. Ad un certo punto scuote la testa, poi comincia ad insultare i suoi compagni perché stanno troppo a discutere con l'arbitro. Attraversando il campo grida più volte: "Non c'è niente da discutere!", e insulta anche l'arbitro perché non fischia una punizione per tutti.

Un suo compagno di squadra, gigantesco e con la testa piccola, è accorso a battergli una mano sulla spalla per calmarlo, dice: "Stai calmo Baratto, che qua va male." La loro squadra da molti mesi perde sempre ed è in fondo alla classifica. Baratto scuote la testa e risponde: "Non c'è niente da discutere. Siamo sempre stati dei brocchi, dunque è giusto che perdiamo."

Quando l'altro giocatore con l'orzaiolo sotto l'occhio si avvicina per sentire cos'è successo, Baratto gli spiega questo: "Io mi sono rotto il menisco due volte a giocare per voi, e per cosa?" Poi si volta e si avvia verso gli spogliatoi. E quando qualcuno gli grida: "Baratto, ma dove vai?", senza fermarsi lui risponde che gli è passata la voglia di giocare.

Negli spogliatoi arriva subito l'allenatore col sigaro spento in bocca, per convincerlo a rientrare in campo. Dice che tutto va a rotoli e lui non può abbandonare una partita così: lui è uno dei migliori giocatori in campo, i dirigenti vorranno una spiegazione, e che spiegazione può dare lui (l'allenatore)? Mentre l'altro parla per convincerlo, Baratto s'è spogliato nudo.

L'allenatore aspetta ancora una risposta, nervosamente si accende il sigaro e chiede: "Allora?" Baratto indica il sigaro e gli dà questa risposta: "Tu fumi e ti verrà il cancro." Poi si siede su una piccola panca e chiude gli occhi, annunciando all'allenatore che adesso non ha più voglia di parlare con lui.

Con gli occhi chiusi comincia a trattenere il fiato, e dopo qualche secondo gli sembra di poter restare in apnea finché vuole, senza aspettare più niente e senza neanche il pensiero d'esser lì. Più tardi perde l'equilibrio e cade dalla piccola panca, ritrovandosi per terra.

Tornando in moto verso Piacenza non s'è messo il casco perché ha caldo alla testa. Sulla strada ci sono lunghe file di macchine che rientrano dopo il giro in campagna della domenica, spesso ferme a incroci e semafori; lui le supera sulla banchina laterale guardandosi attorno ed osservando il paesaggio.

Nel paesaggio gli sembra ci sia del fumo o vapore, e continua a pensare una frase: "C'è del fumo in questo paesaggio." Così si ferma sul ciglio della strada per guardare meglio, e dopo si accorge di non pensare più quella frase, perché l'aria è limpida e si riesce a vedere i campi coltivati fino all'orizzonte. Su una piccola ondulazione del terreno ci sono tre alberi isolati senza ombre.

Prima di entrare in città è fermato dalla polizia stradale; un poliziotto gli fa segni dal bordo della strada per indicare che non porta il casco. Lui si ferma e spiega: "Ho caldo alla testa, deve essermi salita la pressione." Quindi si volta a guardare ancora il paesaggio in distanza, cercando i tre alberi isolati senza ombre. Chiude gli occhi e resta in apnea aspettando, finché un giovane poliziotto viene a restituirgli i documenti dicendogli di mettersi il casco. Il poliziotto agita la paletta segnaletica come se non avesse tempo da perdere, e subito si volta ad ascoltare un altro poliziotto. Baratto riparte senza mettersi il casco.

Rientrando in casa incontra un anziano pensionato che abita al piano di sotto e che sta annaffiando un vaso di azalee sul pianerottolo. Il pensionato curvo sul vaso gli rivolge la parola: "Le giornate si stanno allungando." Baratto superandolo risponde: "Adesso non posso rispondere," poi entra in casa sfilandosi il giubbotto, che lascia cadere sulla soglia.

Il tavolo del soggiorno è apparecchiato, l'apparecchia ogni giorno sua moglie prima di uscire. Negli ultimi tempi sua moglie torna tardi alla sera e forse ha un altro uomo, ma Baratto non glielo ha chiesto perché la cosa non gli interessa. Lui ogni sera prepara il cibo e lo mangia in piedi nel cucinotto, e prima di andare a letto sparecchia la tavola perché sua moglie non creda sia successo qualcosa di insolito. Rientrando quando lui è già a letto, spesso sua moglie mangia il cibo rimasto anche lei in piedi nel cucinotto; il giorno dopo prima di uscire riapparecchia la tavola per la cena.

S'è fatto un sandwich e lo mangia in piedi, osservando la sua collezione di scatole di sigarette straniere. Alcune scatole sono di metallo e lui ci tamburella sopra il dito, finendo di masticare. Ha acceso il televisore su un canale vuoto e rimane a guardarlo in piedi, ascoltandone il ronzio. Intanto gli è tornato caldo alla testa. Prende allora un ventaglio a forma di spatola, e comincia a sventolarsi la testa.

Man mano che si sventola gli vengono in mente frasi di annunci pubblicitari che spesso sente alla televisione. Cammina avanti e indietro per la stanza sventolandosi e ascoltando le frasi pubblicitarie che gli vengono in mente. Quando si accorge che non gliene vengono più, scuote il capo un po' perplesso, quindi spegne il televisore e decide di andare a letto.

Come ogni sera nel cucinotto annaffia i bordi del lavandino, dove ci sono formiche che entrano dalla finestra in lunghe file. In bagno si pulisce i denti, ed uscendo dal bagno gli sembra di ricordare qualcosa, forse una didascalia sotto una foto in una rivista, ma niente di preciso.

Salendo la scala a chiocciola che porta nella camera da letto si leva la camicia, in camera da letto si spoglia nudo. E vedendosi lì grande e grosso e tutto nudo nella specchiera dell'armadio, gli viene da pensare: "A cosa potrei pensare adesso?" Rimane a vacillare davanti allo specchio, ma nessuna frase gli viene in mente.

Appoggiata sull'asse per stirare c'è una piccola sveglia elettrica, e Baratto osserva gli scatti della lancetta dei secondi senza capire cosa vogliano indicare a lui personalmente. Resta a chiederselo per un po', ancora vacillando, ma non gli viene in mente nessuna idea. Allora si prende in mano il pene e pensa: "Sono rimasto senza pensieri."

Quasi subito si addormenta a faccia in giù e braccia aperte sul letto. Dopo di che non ha più parlato per molti mesi, e a poco a poco è cominciata la sua guarigione.

La moglie di Baratto filtra telefonate dalla mattina alla sera in una fabbrica di giocattoli elettronici, e dice che in quella fabbrica considerano anche lei un apparecchio elettronico. Questo lo capisce da come le parlano, dirigenti della ditta e clienti. Durante la giornata succedono sempre troppe cose che le riempiono la testa e restano nella testa senza andar via, così tornare a casa alla sera non le sembra neanche un sollievo. È contenta se un corteggiatore la va a prendere in macchina alla fabbrica e poi la invita a cena e le fa delle proposte, perché almeno ascoltare proposte le dà una certa allegria.

Una sera Marta è rientrata prima del solito, ed ha trovato Baratto nel cucinotto intento a lavare i piatti. Entrando l'ha salutato, e subito dal soggiorno s'è messa a parlargli della sua giornata, di tutte le telefonate che ha dovuto smistare. Gli parla anche d'una lettera ricevuta da suo fratello, il quale vive in Francia da molto tempo.

Dal soggiorno spiega: "Ha aperto un ristorante a Lione e mi chiede se ho voglia di andare a lavorare con lui, per un po'. Dice che guadagnerei bene, e potrei mettere da parte dei soldi in poco tempo."

Intanto Baratto ha finito le sue faccende, ed ora attraversa il soggiorno sventolandosi la testa con un ventaglio a forma di spatola. Sempre sventolandosi si avvia in silenzio verso la scala a chiocciola, e Marta seccata gli grida dietro: "Ohè, ti stavo parlando, te ne sei accorto?" Poi lo sente chiudere la porta della camera da letto; resta a chiedersi se non sia successo qualcosa di insolito.

Si guarda attorno e vede che la tavola è sparecchiata, la finestra del cucinotto semiaperta, il suo cibo sul fornello, come ogni sera. Il lampione davanti alla finestra proietta riflessi gialli sul soffitto, Marta pensa che tutto è normale.

Dopo aver mangiato è stanca per la lunga giornata, si distende sul divano del soggiorno a guardare la televisione. Ogni sera deve guardare la televisione fino a tardi per dimenticare il cicalino telefonico e le voci che ha avuto nell'orecchio per tante ore, ed è per questo che dorme nel divano del soggiorno, mentre suo marito dorme in cima alla scala a chiocciola. Questa sera però ha seguito i programmi televisivi svogliatamente, rimuginando su quello che è successo, e verso le undici decide di chiamare la sua amica Cristina per raccontarglielo.

Al telefono dice: "Io gli parlavo e lui niente, come se non esistessi. E poi si sventola la testa. Non è strano?"

L'amica Cristina risponde: "Con tutti i tuoi corteggiatori, te l'avevo detto di stare attenta. Può darsi che lui s'è offeso e adesso non vuole più parlarti."

Marta dice: "Non so cosa fare. Mio fratello mi ha scritto da Lione per chiedermi di andare a lavorare con lui. E io ci andrei anche, pur di lasciare la fabbrica. Ma come faccio a dirglielo a Baratto, se lui non mi parla?"

L'amica Cristina suggerisce: "Stai calma e aspetta che gli passi. Oppure lascialo, perché no? Gli fa bene agli uomini essere lasciati dalle mogli."

Marta s'è addormentata da qualche ora, quando Baratto si alza e attraversa il soggiorno in punta di piedi. La scuola di campagna dove insegna è piuttosto lontana, e lui deve partire di casa all'alba.

All'alba attraversa in moto la città deserta, fino al monumento ai caduti di fronte al ponte sul grande fiume. Deve passare davanti ad un vecchio albergo incastrato sotto l'arcata del ponte, e con la luce radente del mattino le muffe sui muri dell'albergo si notano meglio. Dietro ci sono i fili della ferrovia persi nell'ombra. Lui accelera per curvare oltre un passaggio a livello, poi sulla strada che costeggia il fiume cerca con gli occhi qualcosa di lontano sull'altra sponda piena d'alberi.

Nel pomeriggio va ad allenarsi a correre sull'argine del fiume Trebbia, divenuto una "zona ricreativa" tutta asfaltata, dove c'è sempre altra gente in tuta da ginnastica che corre come lui. Percorrendo tutto l'argine si giunge ad un vecchio borgo, e lì c'è un casone grigio abbandonato, che qualcuno chiama una casa di fantasmi. Lo spigolo sinistro del casone ha un'aria strana, perché dietro si apre una piccola scarpata che precipita in una discarica di rottami, e che vista dalla strada in controluce sembra un vuoto cosmico.

Passando di lì, Baratto s'è fermato ad osservare quello spigolo. Chiude un occhio per osservarlo meglio. Solleva una gamba, grattandosi col piede il polpaccio dell'altra gamba, e resta così in bilico a vacillare con aria meditativa e un occhio chiuso.

Più avanti voltando a destra, si giunge ad un'osteria abbastanza nota nei dintorni. Questa è una cooperativa dopolavoristica di cui lo stesso Baratto è socio, e consiste in un grande salone adibito a bar, con campi da bocce sul retro sotto un pergolato. Verso le cinque e mezza i soci della cooperativa cominciano ad arrivare, per bere insieme qualche bicchiere di vino e raccontarsi le notizie del giorno, ed è appena arrivato un individuo gigantesco e con la testa piccola che sta raccontando: "Be', vi dico, passavo col motorino e me lo vedo lì su una gamba sola e con un occhio chiuso, che guarda quello spigolo. Ah, è uno spigolo strano, lo so. Ma quando gli sono passato vicino e l'ho salutato, be', è come se non avessi detto niente. Dev'essere ancora là che guarda lo spigolo, secondo me."

Ormai gli abituali frequentatori dell'osteria sono quasi tutti arrivati. Uno di loro, l'insegnante di ginnastica Berté, racconta: "Ho parlato col suo preside e dice che anche a scuola Baratto non risponde quando gli si parla. Sai, è una cosa grave. Non è mica legale che a scuola uno non parli."

Un individuo con un orzaiolo sotto l'occhio, di nome Bicchi, dice: "Ma sì, io l'ho visto come ha abbandonato la partita e poi non voleva parlare con l'allenatore. Una roba come se gli fosse girato il cervello da un momento all'altro."

Il vecchio barista della cooperativa dopolavoristica interviene a dire: "Quella è un'altra storia, si vede che ne aveva le scatole piene di giocare a rugby. Ma a scuola Baratto insegna ginnastica, e allora che bisogno ha di parlare? Basta che usi il fischietto."

L'insegnante di ginnastica Berté sospira: "Il suo preside dice che se venisse un'ispezione lui potrebbe trovarsi nei guai, per non aver segnalato il caso al provveditorato. Uno che non parla può anche essere incapace di intendere e di volere. Non si sa mai. Per quello è illegale non parlare, nell'insegnamento."

Tutti nell'osteria si mettono a discutere il caso, molto contenti di avere un argomento di conversazione così interessante. Tra gli altri ci sono tre infermieri, che assieme a Baratto hanno costituito un gruppo di aiuto volontario agli ex ricoverati del manicomio. Ciò vuol dire che a volte portano gli ex ricoverati del manicomio a spasso con un pullman per distrarli, altre volte vanno con loro a fare delle cene in un ristorante di campagna, e d'estate li portano in piscina e insegnano loro a nuotare con vari stili. I tre infermieri sono preoccupati perché Baratto ha disertato le ultime riunioni del gruppo, indette per fissare i programmi del mese d'aprile, e si chiedono: "Ma cosa gli sarà capitato? Che sia depresso?"

Qualcuno avanza questa tesi: "Bah, si sarà stancato di dover sempre parlare e rispondere alla gente. È una bella seccatura, se ci pensate bene, dover sempre rispondere quando ti parlano. E invece bisogna sempre rispondere. Io, per me, Baratto l'ammiro."

L'uomo che ha parlato è il vecchio barista della cooperativa, il quale spesso si stanca di dover conversare con gli avventori. Molti nell'osteria trovano l'osservazione giustissima, e adesso bevono un bicchiere di vino alla salute del barista.

Baratto abita in un quartiere di palazzine condominiali, dove solo recentemente hanno costruito enormi palazzi a forma di torri, terreni di gioco asfaltati, ed un grande supermercato di alimentari. Il portone del suo palazzo è sempre aperto a causa d'un guasto alla serratura, ed anche la porta del suo appartamento resta quasi sempre aperta, perché da quando è muto si direbbe che a Baratto le porte chiuse diano fastidio.

Il martedì sucessivo alla prima settimana di silenzio, i due soci della cooperativa dopolavoristica Berté e Bicchi hanno deciso di passare da casa di Baratto, per vedere se è possibile aiutarlo a tirarsi fuori dal suo mutismo. Ma hanno trovato la porta dell'appartamento aperta e la casa vuota. Per le scale hanno incontrato un vecchio pensionato intento ad annaffiare un vaso di azalee, il quale s'è messo a parlare con loro del tempo che fa e della primavera che non vuole ancora venire; ma sull'inquilino del piano di sopra il pensionato non sapeva nulla.

Il mercoledì, rientrando da uno dei suoi allenamenti sull'argine del Trebbia, Baratto ha incontrato sulle scale la moglie di Bicchi che lo aspettava. Nella luce polverosa delle scale, la donna bionda e vestita di rosso gli si è fatta incontro per dirgli: "Bicchi mi ha raccontato che non parli più. Devi sapere che a me gli uomini che non parlano sono sempre piaciuti moltissimo. Li trovo irresistibili, te lo confesso."

Baratto l'ha esaminata, soffermandosi ad osservarle il collo e il seno un po' in penombra sotto il ballatoio condominiale. Lei gli stava dicendo: "Senti, mi porteresti uno di questi giorni a fare un giro con te in moto?" Ma in quel momento è uscito di casa il pensionato del piano di sotto, e comparendo sul pianerottolo s'è messo a parlare alla donna del tempo che fa. Intanto Baratto è entrato in casa. La moglie di Bicchi, piuttosto delusa, se n'è andata passando davanti al pensionato che continuava a parlarle del tempo che fa.

Il giovedì è un giorno di pioggia, Baratto non è andato a correre. Sono venuti a cercarlo quei tre infermieri del gruppo d'aiuto volontario agli ex ricoverati del manicomio. Entrando l'hanno trovato nel soggiorno occupato a vestirsi, con l'aria d'aver dormito fino a quel momento. Senza preamboli gli hanno spiegato che lui non può sottrarsi ai suoi impegni così. Hanno aggiunto che rifiutarsi di parlare è una comoda scappatoia, quando ci sono tanti problemi da risolvere nella realtà. Senza mostrare d'accorgersi di loro, Baratto s'è ritirato nel bagno a finir di vestirsi. Così i tre hanno continuato la loro perorazione dietro la porta del bagno, dicendo: "Se c'è qualcosa che non va, parliamone, discutiamo. Ma stare zitti come fai tu non è mica tanto razionale."

Dopo mezz'ora i tre infermieri hanno aperto la porta,

trovando la stanza del bagno vuota e la finestra spalancata. Baratto era uscito dalla finestra del bagno su un terrazzo che comunica con le scale, poi per le scale era uscito dal palazzo, e se n'era andato con la moto per i fatti suoi.

Per qualche giorno nessuno è più venuto a cercare di persuaderlo, e intanto il tempo s'è messo al bello fisso. Un pomeriggio, trovando la porta aperta, entra nell'appartamento di Baratto un suo vecchio compagno di scuola che ha sentito parlare del suo recente mutismo. Costui è un avvocato, divenuto negli ultimi tempi predicatore nella setta dei testimoni di Dio, il quale nei momenti liberi va in giro per le case a persuadere la gente che l'avvento del regno di Dio è prossimo. È venuto per persuadere Baratto, ed entra nel soggiorno recando con sé una cartella piena di opuscoli relativi alle sue attività di redenzione.

Baratto è appena tornato da uno dei suoi allenamenti sull'argine del fiume Trebbia, tutto nudo e ancora sudato scruta il visitatore con gli occhi fissi. Il vecchio compagno di scuola accenna alla loro antica amicizia e alla sua attuale attività di predicatore, ma l'uomo nudo continua a fissarlo come se non capisse le sue parole. Allora l'avvocato tira fuori i suoi opuscoli, e disponendoli sul tavolo spiega: "Ho saputo che ti sei rinchiuso in te stesso e non vuoi parlare con nessuno, forse per una delusione. Certo, la vita è fatta così, ci sono le delusioni. Ma noi possiamo assicurarti che l'avvento del regno di Dio è una cosa seria, annunciata a chiare lettere. Quella è la strada per ritrovare te stesso, se vorrai lasciarti aiutare. Sei disposto, Baratto, a lasciarti aiutare e diventare anche tu un testimone di Dio?"

L'avvocato aspetta a lungo una risposta. Consulta il suo cronometro, ripropone la domanda un paio di volte, e finalmente gli sembra di vedere qualche reazione alle sue parole. Come se si addormentasse, l'uomo nudo s'è lasciato crollare su una sedia, ad occhi chiusi e trattenendo il fiato. Poi rimane così seduto ad occhi chiusi, in apnea.

Più confuso di prima, l'avvocato decide di risolvere sbrigativamente l'incontro con queste parole: "Benissimo, credo che ci siamo capiti. Tu leggi i nostri opuscoli e capirai meglio. Ti farò telefonare dalla mia segretaria."

Uscendo dall'appartamento si ferma a riflettere davanti ad un vaso di azalee sul pianerottolo, piuttosto perplesso. E qui ad un tratto si trova davanti un vecchio pensionato, che gli sta dicendo: "Credo che la primavera sia proprio venuta, finalmente. Stamattina nell'aiola qua sotto ho visto che sono spuntati dei denti di leone."

Tutti i sabati pomeriggio Baratto va nel supermercato vicino a casa sua, a fare gli acquisti alimentari per la settimana. Così continua a fare anche nell'epoca del suo mutismo. Prima di recarsi a far la spesa le sue abitudini però lo conducono verso il centro cittadino, a ritirare del denaro dalla cassa automatica d'una banca. Né per fare acquisti in un supermercato, né per ritirare soldi da una cassa automatica, bisogna parlare. Tutto avviene in tranquillo silenzio.

Però vagando in tranquillo silenzio per le strade del centro cittadino, spesso gli accade di perdersi in giro ad osservare tutto quello che viene ai suoi occhi. Si ferma ad osservare la gente, le case, gli spigoli, il cielo e le grondaie. Il che ritarda notevolmente la sua marcia di ritorno verso casa, e a volte quando torna indietro il supermercato vicino a casa sua è già chiuso.

Un sabato pomeriggio sua moglie lo sta aspettando a casa da molte ore, deve parlargli. Aspettandolo ha guardato la televisione finché non è sceso il tramonto. Dalla strada adesso arrivano i rumori d'autobus che passano, grida di ragazzi che litigano, e il cielo sta diventando rossastro. Da altri appartamenti giungono i suoni di altri televisori accesi, e la voce d'uno speaker che annuncia le notizie del giorno.

Stanca di aspettare, Marta telefona alla sua amica Cristina per raccontarle cosa sta succedendo. Al telefono spiega: "Sono andata da una cartomante, e le carte dicono che ho una occasione importantissima da non perdere. Credo sia quell'invito di mio fratello, a lavorare nel suo ristorante a Lione.

Nelle carte c'era un uomo che non vedo da molto tempo, un viaggio, e molti soldi in arrivo. Non può essere altro."

L'amica Cristina risponde: "Allora cosa aspetti? Ci verrei anch'io in Francia con te, se potessi."

Marta sospira: "Sì, credo che ci andrò. Ma come faccio a dirglielo a Baratto, che non bada più a nessuno? Non posso mica partire senza dirglielo."

L'amica Cristina suggerisce: "Se lui non ti ascolta, scrivigli una lettera. Sai, in fondo ognuno ha il suo destino. Se lui vuole essere muto, lascialo essere muto e tu vai per la tua strada."

Marta dice: "Hai ragione. La settimana prossima mi licenzio dalla fabbrica, poi mi compro due belle valigie e prendo il treno. Si vede che il destino vuole così."

Intorno all'ora di cena dello stesso giorno, una coppia di anziani pensionati sta tornando verso casa. I due abitano sotto l'appartamento di Baratto, il marito è quello che si occupa del vaso di azalee sul pianerottolo. La strada che percorrono continua in prospettiva tra due file di lampioni che adesso si stanno accendendo, contro il cielo rossastro. E giunti là in fondo i due trovano Baratto fermo a testa in su; sta osservando un lampione che s'è appena acceso.

Passando i pensionati lo salutano. Senza rispondere al saluto, lui comincia a seguirli con aria assorta. Segue i due fino al portone del palazzo dove abita, e li segue su per le scale sempre in silenzio. Davanti alla porta del suo appartamento il pensionato si volge a parlargli, spiegandogli che qualcuno è andato a sedersi sul suo vaso di azalee e questo gli ha dato molto dispiacere. Chiede a Baratto: "Chi potrà essere stato?"

Mentre il pensionato sta parlando, sua moglie entra in casa ad accendere la luce. Senza rispondere all'uomo, Baratto segue la donna ed entra in casa dei due pensionati. Questi rimangono sorpresi, vedendolo avviarsi in silenzio verso il loro salotto. Accorrono nel salotto e lo vedono vacillare guardandosi attorno. Lì per lì non sanno cosa fare, ma poi sorridono contenti che Baratto sia venuti a trovarli. E lo invitano gentilmente a sedersi in una poltrona: "Prego, si accomodi."

Baratto si siede. A partire da quel momento resta in casa dei due pensionati per circa sette mesi, quasi sempre seduto nella stessa poltrona a guardare la televisione assieme a loro, oppure ad ascoltarli parlare. Ossia, tranne al mattino quando va a scuola, nel pomeriggio quando va a fare le sue corse, e alla sera quando sale nel suo appartamento a sparecchiare la tavola che sua moglie continua ad apparecchiare ogni giorno.

Baratto è sempre stato un insegnante di ginnastica molto reputato, e negli anni passati ha anche tenuto dei corsi di aggiornamento per altri insegnanti. Adesso durante le sue ore di lezione lascia che gli allievi giochino liberamente a pallacanestro, e intanto lui ascolta assorto i rumori della palla sul linoleum, il rimbombo dei passi, l'eco delle grida dei ragazzi. Oppure si sofferma ad osservare le ombre che si allungano sul pavimento della palestra e cambiano direzione a poco a poco nel corso della mattina. Ogni tanto dà un colpo di fischietto a caso, a cui peraltro i ragazzi non prestano alcuna attenzione.

Tra una lezione e l'altra, anche lui come gli altri insegnanti va a sedersi nella cosiddetta sala di ricevimento, che è uno stanzone con un tavolo in mezzo, scaffali e armadietti ai muri. Qui i suoi colleghi leggono il giornale, correggono i compiti o compilano il registro delle lezioni, scambiando a tratti qualche chiacchiera sugli eventi del giorno. Baratto si mette a contemplare i titoli d'un giornale che si trova davanti, ma molto presto si addormenta appoggiandosi al tavolo con le braccia conserte.

Nel primo pomeriggio, all'ora di chiusura della scuola, tutti gli insegnanti sono andati a casa e nella scuola ci sono solo i bidelli che fanno le pulizie, il preside e la giovane segretaria che si apprestano ad andarsene. Adesso però c'è un bidello pelato che corre nel corridoio, inseguendo il preside per dirgli: "Signor preside, non possiamo chiudere perché Baratto non si trova." E siccome proprio allora sopraggiunge un altro bidello a confermare la notizia, il preside si mostra molto stupito e dice: "Spiegatemi un po' cosa sta succedendo."

Il bidello appena sopraggiunto spiega, con tono umile: "Sa, si addormenta." Subito il bidello pelato interviene a chiarire la questione: "Dopo le lezioni bisogna svegliarlo e mandarlo a casa. Di solito si addormenta nella sala di ricevimento, ma l'altro giorno s'è addormentato in palestra. Adesso c'è la sua moto là fuori, dunque non è uscito, ma non sappiamo dove s'è messo a dormire."

Al preside sempre più sorpreso escono di bocca queste parole, in falsetto: "Trovatemi subito quell'individuo!" I due bidelli indugiano perché non sanno cosa fare, ma quasi subito si ode la voce della segretaria della scuola che manda richiami per dire: "L'hanno trovato!"

Lo sgabuzzino dove vengono tenuti gli attrezzi per la pulizia della scuola è lungo e stretto, con muri rivestiti di bianche piastrelle. Su un ripiano al muro c'è un vecchio apparecchio radio in disuso, e sotto il ripiano Baratto dorme nell'ombra, in una brandina capitata lì chissà come.

Due bidelli stanno commentando il fatto che quello è il miglior posto per dormire in tutta la scuola, dove effettivamente ci si annoia tanto che verrebbe sempre voglia di addormentarsi. Tra i bidelli si fanno largo il preside e la giovane segretaria. Ma giunto sulla soglia il preside ha un sussulto ed esclama: "Ma è nudo!"

Sorridono i bidelli come ad ammettere molti sottintesi, ma la segretaria si affretta a rettificare: "No, no, ha i calzoni."

Il preside ci pensa un po' e poi risponde: "Comunque, lo sospendo immediatamente dall'insegnamento. Non si possono ammettere cose del genere. Signorina, venga in ufficio che le detto subito la lettera di sospensione per il provveditorato."

Con allegre risate i bidelli vanno a risvegliare il tranquillo dormiente, mentre la giovane segretaria insegue per il corridoio il suo superiore supplicandolo di non sospendere il povero Baratto. A scopo di persuasione soggiunge, durante l'inseguimento: "Non lo rovini, preside. In fondo non ha fatto niente di male."

Nell'ufficio il preside non bada più alle suppliche della segretaria, ed ha già cominciato a dettare la lettera di sospensione dall'insegnamento. Ma ad un tratto gli viene in mente qualcosa, e si sofferma ad osservare un tagliacarte che brilla ai riflessi della luce pomeridiana. Adesso il preside ragiona tra sé ad alta voce: "Prima di tutto non parla, poi perde il registro delle lezioni e non se ne dà pensiero, e adesso si addormenta dove capita. Ma che tipo è quel Baratto?"

La segretaria dichiara che Baratto è un tipo normale, e anche simpatico e buono, solo che non parla, ma questo non è mica un difetto.

Dopo una lunga pausa di riflessione, il preside si alza ed esclama: "Accidenti, non si sa più cosa pensare!"

Senza dir altro raccoglie la sua cartella e se ne va, mentre la segretaria resta a chiedersi se per caso il suo superiore non sia improvvisamente impazzito. Nel cortile della scuola il preside s'è fermato a guardare delle gazze che si levano in volo da un albero, e intanto così ragiona tra sé: "È uno che non si dà pensieri, né pensiero per i pensieri degli altri su di lui. Vuoi vedere che quell'individuo l'ha toccato la grazia?"

I due anziani inquilini presso i quali Baratto abita, fino a poco tempo fa avevano l'abitudine di guardare la televisione dalla mattina alla sera. Nei momenti in cui la televisione non trasmetteva programmi interessanti, i due hanno cominciato a raccontare a Baratto la loro vita. Ma a poco a poco si sono accorti che ci sono pochi programmi interessanti alla televisione, e che comunque provano più gusto a raccontare la loro vita all'ospite.

Gliel'hanno già raccontata tutta episodio per episodio, e ricominciano sempre da capo senza stancarsi mai. Baratto ascolta in silenzio, ogni tanto chiude gli occhi e si addormenta nella poltrona.

Verso sera sale nel suo appartamento per vedere se tutto

è in ordine. Adesso che sua moglie è andata in Francia a lavorare nel ristorante di suo fratello, seguendo il destino annunciatole dalle carte, lui non deve più sparecchiare la tavola ogni sera. Allora pulisce il cucinotto, annaffia il lavandino dove ci sono sempre formiche che entrano dalla finestra, cambia la pastiglia di deodorante che c'è nel bagno, oppure mette i panni in lavatrice. Poi torna da basso a sedersi nella sua poltrona, e ad ascoltare i due pensionati che gli raccontano a turno la loro vita.

Al sabato pomeriggio continua ad andare a ritirare del denaro dalla cassa automatica d'una banca, per poi recarsi a fare gli acquisti nel supermercato vicino. Tornato a casa depone la carne e le verdure nel frigorifero, dove le lascia finché non sono andate a male e può finalmente buttarle via. Tanto, lui è permanentemente invitato a cena dai due pensionati, che sono felicissimi di averlo con sé.

Spesso l'anziano inquilino si lamenta perché qualcuno è andato a sedersi sul suo vaso di azalee nel pianerottolo, e chiede all'ospite: "Ma chi può essere?" Questo problema però non sembra interessare Baratto, che tace.

Dopo la volta in cui è stato trovato a dormire nello sgabuzzino degli attrezzi per le pulizie, lui è tornato regolarmente a scuola ogni giorno. Ma una mattina trova sul portone un bidello biondo che fa dei gesti per mandarlo via. Baratto rimane a guardarlo in mezzo al cortile, quindi a capo chino torna verso la sua moto. Però appena l'altro scompare, tenta un rientro nell'edificio scolastico.

Nella stessa mattina tenta un rientro più volte, ma è sempre sorpreso dal bidello biondo che accorre facendo gesti per mandarlo via. Alla fine un bidello suo amico interviene a spiegargli che il preside l'ha messo in congedo per malattia, in modo che lui possa curarsi. Sul portone il bidello dice: "Stai calmo Baratto. C'è già un supplente, tu torna a casa e curati."

Così infine lui smette di tentare un rientro nell'edificio scolastico. Naturalmente non sa che tutti i suoi tentativi sono stati osservati dal preside nascosto dietro una finestra. E se ne va sulla sua moto, mentre l'altro (il preside) continua a chiedersi se Baratto abbia davvero avuto la grazia di restare senza pensieri, senza il ronzio delle frasi interiori, libero da questa farneticazione continua che ognuno porta dentro di sé.

Poco dopo nell'ufficio, rivolto alla segretaria, il preside si mette a fare queste considerazioni: "Sembra un'ombra che passa senza darsi il pensiero d'essere un'ombra. Un apparire che è già uno scomparire. Come se niente in lui si agitasse per comprovare qualcosa."

La segretaria risponde che lei sinceramente non ha capito neanche la metà di ciò che il preside ha inteso dire. Il preside guarda dalla finestra chiedendosi cosa voglia dire tutto questo, e cosa vogliano dire le frasi che ha appena pronunciato. Oltre la finestra si vedono dei merli che svolazzano attorno ai pioppi cipressini in fondo al cortile della scuola.

Intanto l'ombra in questione sta tornando verso casa attraverso un quartiere di palazzoni nuovi, completamente deserto di gente, animali, negozi o bar. Passando si vedono solo fermate d'autobus e macchine parcheggiate lungo i marciapiedi. Sullo stradone a doppia corsia c'è molta luce piena di riflessi a quest'ora del giorno, ma è una luce senza colori. Più avanti un supermercato con i prezzi di articoli in offerta speciale su tutte le vetrine. Poi dei ragazzi con giubbotti di plastica che stazionano davanti ad un bar. Col casco in testa ed eretto sulla moto, lui passa osservando. Un falso orologio appeso all'angolo della strada cerca di dirgli che ora è.

Sta per cominciare la stagione delle vacanze e dei viaggi turistici estivi. Quest'anno l'insegnante di ginnastica Berté non se la sente di andare in vacanza con qualcuno che parla troppo, o che comunque parla per non dire niente, come avviene di solito. Si rivolge dunque a Baratto chiedendogli di venire con lui a fare un giro in moto da qualche parte.

Durante il loro incontro sull'argine del fiume Trebbia, Baratto non ha risposto alle proposte dell'amico che gli correva dietro nei suoi allenamenti. Ma qualche giorno dopo si presenta puntuale sotto casa sua, alle ore otto, all'appuntamento fissato da Berté. Così i due partono un bel mattino su due moto identiche, col casco in testa e senza una meta precisa.

Nel primo giorno di silenzio vanno alla deriva per le campagne in direzione sud-est, e alla sera in prossimità di Guastalla vedono in distanza il ponte sul fiume Po. Prima del ponte coltivazioni a serra in lunghi capannoni di nylon e dopo il ponte una strada tutta dritta tra due distese di pioppi che coprono la visuale. Quando arrivano sulla circonvallazione di Guastalla, con l'acciottolato, portici, belle case d'altri secoli, sotto i portici stanno passando due turiste giapponesi con l'ombrellino.

Secondo Berté debbono essere state quelle due signore giapponesi a sollevare l'interesse di Baratto per i turisti stranieri, ed in particolare per quelli giapponesi. Fatto sta che l'indomani a Mantova di prima mattina Baratto comincia ad osservarli molto per strada, a volte fermandosi a contemplare gruppi di turisti come se non ne avesse mai visti in vita sua. Poi si dà anche a seguire in moto un loro pullman senza più badare alle direttive del suo compagno di viaggio. Infine vuole unirsi ad una comitiva mista giapponese-americana in visita all'antico palazzo ducale, e Berté deve rassegnarsi ad andare con lui.

Per una coincidenza, il pullman della comitiva mista giapponese-americana è parcheggiato davanti all'albergo nei pressi della stazione ferroviaria, dove hanno trovato alloggio i due motociclisti. Appena sveglio al mattino Baratto si mette il casco e sale in moto per seguire quel pullman, rincorso da Berté che non si aspettava certo una simile mossa.

Con aria assorta segue il pullman tutto il giorno per strade e autostrade, fino alla frontiera svizzera, e poi fino al lago di Costanza. Qui costringe Berté ad andare in cerca d'una camera in una stradina periferica, in una minuscola pensione dove i due dovranno dormire nello stesso letto, ma non lontani dall'albergo in cui è scesa la comitiva mista del pullman. E in compagnia di Berté dopo cena va a passeggio per i giardini del lungolago, tenendo sempre d'occhio nella penombra i turisti giapponesi del pullman, anch'essi a passeggio per quei vialetti abbelliti da fiori giganteschi.

L'indomani, sempre assorto e silenzioso, li segue fino alla città di Friburgo, nella regione del Brisgau. Guida Berté a prendere alloggio nello stesso antico albergo in cui è ospitata la comitiva mista del pullman. Pedina un gruppo di giapponesi in visita serale alle gelaterie italiane, sparse nei punti nevralgici del vecchio borgo. Compra un gelato e come loro vuole consumarlo passeggiando sull'acciottolato dell'antica piazza del Duomo, dove alcuni vecchi giapponesi cominciano a riconoscerlo e a fargli degli inchini. Alla fine della serata, anche Baratto fa inchini ai vecchi signori giapponesi.

Il mattino dopo segue il loro pullman in una rapido tour della sovrastante Foresta Nera. Torna con loro in città, e alla sera li segue in una Gasthaus, dove li osserva attentamente mangiare salcicce. A questo punto anche Berté, l'inseparabile compagno di Baratto, ha imparato a fare inchini ai signori giapponesi.

E ancora il giorno dopo, attraverso ondulati paesaggi cosparsi di piccoli laghi, Baratto e Berté tallonano il pullman dei loro amici fino alla città di Heidelberg. Giungono assieme a loro nel parcheggio ai piedi della collina su cui sorge il celebre castello. Scendono di moto e qui Baratto dà segni di sentirsi proprio bene, sia per i grandi gesti di aerazione che si mette a fare, sia per le espressioni degli occhi con cui scruta i turisti. Si direbbe che lui abbia finalmente trovato il suo popolo, e che si senta simile a quegli stranieri condotti in giro a branchi, amministrati da guide che recitano strane litanie di nomi, persi nel grande mistero turistico del mondo.

I due viaggiatori ora salgono a piedi la lunga scalinata fino alla cima del castello. Ora entrano nel cortile del castello, dove un'insegna pubblicitaria li accoglie con queste parole: HAVE YOUR PICTURE TAKEN ON THE PICTURESQUE GROUND OF THE FAMOUS HEIDELBERG CASTLE.

Il castello con le sue torri e mura antiche e ponti levatoi non sembra interessare Baratto. In mezzo al cortile e accanto all'insegna pubblicitaria, presso la quale staziona un fotografo con cavalletto, lui aspetta pazientemente che i turisti giapponesi vengano a farsi una foto di gruppo. E quando quelli arrivano, con molti rispettosi inchini riesce a farsi fotografare in loro compagnia.

I vecchi signori giapponesi l'hanno accolto cortesemente tra di loro, e a cenni gli hanno proposto di mettersi in posa accanto ad una vedova piccolissima, che gli arriva circa allo stomaco. Questo evidentemente perché la vedova è l'unica persona non accompagnata, nel gruppo composto di coppie matrimoniali. E Baratto ha accolto la proposta con espressioni del volto così liete, che dopo la piccolissima vedova non finiva più di dimostrargli la sua gratitudine. Tanto che l'ha attirato fuori dal gruppo, ed ora con molteplici inchini e cenni del capo lo invita al ristorante che si trova dinnanzi al castello.

I vecchi signori giapponesi fanno sorrisi e segni di benevolenza a Baratto, per spingerlo ad accettare l'invito. Dopo qualche titubanza lui infine accetta, ed eccolo che esce dal castello e attraversa un prato sotto alte querce, tra molti altri turisti sperduti, seguendo la piccolissima vedova.

Berté sorveglia i due a distanza, e li vede entrare nel ristorante in amichevole conversazione, fatta di gesti e inchini. I due trascorrono una buona parte del pomeriggio seduti l'uno di fronte all'altro, bevendo Coca-cola e mangiando fette di torta. Attraverso la vetrata del ristorante, Berté vede che la vedova giapponese parla in continuazione e svelta svelta nella sua lingua, probabilmente raccontando a Baratto tutta la sua vita. E Baratto a momenti spalanca gli occhi, altre volte scuote la testa, oppure allunga una mano e le dà una pacchetta sul braccio.

Agli occhi di Berté che la osserva, la vedova sembra lusingata da quelle pacchette. Ogni volta infatti si schermisce stringendo le spalle con un sorriso, poi ricomincia a parlare svelta svelta nella sua lingua. Forse è una donna che ha avuto molti dispiaceri nella vita, e coglie l'occasione per raccontarli a qualcuno.

Che Baratto la capisca così bene non deve stupire. Infatti

lui ormai sta guarendo, e comincia a pensare solo i pensieri degli altri.

Durante i mesi di silenzio non si creda che Baratto abbia smesso di pensare. Questo a momenti gli succede, ad esempio quando va in apnea, ma in generale ha smesso soltanto di avere dei pensieri che gli gravano nella testa. E se incontra qualcuno, lui sa che deve dargli la mano o fare un cenno di saluto, e sa che deve scuotere la testa o sorridere quando l'altro parla. Però cose del genere non richiedono pensieri che siano proprio suoi pensieri, e se la cava pensando i pensieri degli altri.

Allora negli incontri lui si limita a sorridere quando l'altro mostra che c'è da sorridere, corruga la fronte se ce n'è bisogno, e a volte mostra sorpresa per fare piacere all'altro. Oppure guarda da un'altra parte se chi gli parla sta pensando cose troppo lontane da lui.

All'inizio dell'autunno è sempre ospite nella casa dei due anziani pensionati. Una sera è salito nel suo appartamento ad annaffiare il lavandino pieno di formiche che entrano dalla finestra, e adesso scendendo le scale si ferma sul pianerottolo e ondeggia. Il suo sguardo si sposta a cercare il vaso di azalee del pensionato; quando l'ha ritrovato, ci va a sedere sopra e resta lì seduto ad occhi chiusi, senza pensieri e senza neanche il pensiero d'esser lì.

Nel frattempo rincasa un dottore che abita di fronte al pianerottolo, e che lo vede seduto sul vaso. Lo invita ad entrare a sedersi da lui, dicendo che starà più comodo. Baratto lo segue nell'appartamento senza dir niente, anche perché è il dottore che parla sempre. Gli spiega che lui soffre di solitudine, dunque è molto contento ogni volta che qualcuno lo viene a trovare.

Invita Baratto ad accomodarsi in una poltrona del salotto, e subito comincia a raccontargli la vita.

Il dottore dice: "Verso le cinque e mezza o le sei è l'ora peggiore. Se torno a casa a quell'ora mi sembra che sui mobili ci sia una patina grigia che rende tutto miserabile. Io accendo tutte le luci, mi sono anche comprato queste lampade alogene, ma per quanto illumini ci resta sempre quella patina grigia sui mobili e sulle poltrone. Certe volte ho l'impressione che sia la polvere delle cose che arriva fin qui dall'eternità, ma la mia donna di servizio dice che lei pulisce ogni giorno."

Il salotto è molto ampio, con luci indirette e grandi divani in cuoio morbido. Il dottore è un uomo di mezz'età, un po' calvo e con capelli grigi scomposti sulle tempie. Dice che in quella città più si conosce gente e più ci si sente estranei, e siccome lui conosce quasi tutti si sente come se fosse un eschimese. Per giunta è stato abbandonato da una ragazza che un giorno gli ha detto: "Vivere con te è come essere morti."

Raccontando questa storia il dottore sorride. Baratto, vedendolo sorridere, sorride anche lui e scuote la testa allegramente. Allora il dottore gli offre un grosso sigaro, e i due restano a fumare sigari e bere vino bianco, finché improvvisamente squilla il telefono in un'altra stanza.

Quando il dottore torna ha i capelli grigi tutti scomposti e dritti all'infuori, come ali sulle tempie. Spiega che al telefono c'era quella ragazza che l'ha abbandonato, e lui non voleva parlarle, ma lei voleva parlargli, ed ha spiegato perché voleva parlargli, e così sono rimasti al telefono tre ore. In sostanza la ragazza doveva dirgli questo: che lui le aveva solo fatto perder tempo, negli anni migliori della sua (della ragazza) vita.

A metà di questo racconto Baratto s'è addormentato nella poltrona. Si sveglia ad un tratto nella notte, e il dottore gli appare davanti in accappatoio e ciabatte, con le gambe molto magre e i capelli dritti sulle tempie. Chiede a Baratto: "Posso accendere un po' di luci?"

Baratto non gli bada e lui accende tutte le luci del salotto. Resta a guardare l'effetto prodotto dalle lampade alogene, dicendo tra sé: "Con un po' di luce va meglio, va proprio meglio."

Adesso Baratto s'è messo a fumare un altro sigaro, e il dottore si siede accanto a lui e comincia a fare una riflessione:

"Io lo so che sembro un deficiente. Ma non c'è da stupirsi perché i miei genitori prima di me sembravano dei deficienti, sia mio padre che mia madre. Ho un figlio già grande e anche lui sembra un deficiente, ha una faccia da anguilla in frigorifero."

Il· dottore prosegue: "Ma io dico: che non sia tutta una messinscena? Ad esempio, questa città una messinscena, le donne che ci fanno soffrire una messinscena, il lavoro una messinscena, il nostro aspetto da deficienti un'altra messinscena. Che non sia tutta una grande montatura, un sogno da cui non riusciamo a svegliarci? Ma le dico di più: che non sia anche la luce una messinscena? E i suoni che sentiamo, le cose che tocchiamo, e il buio e la notte, non potrebbe essere tutta una grandissima messinscena? Tutta una commedia delle apparenze, che ci fanno credere chissà cosa e invece non è vero niente?"

In quel preciso momento entrambi si accorgono che è già l'alba, e allora salgono sul terrazzo della casa per vedere il sole che spunta. In un palazzo di fronte si illumina una finestra con tapparelle abbassate, ed entrambi sperano ci sia una donna nuda da spiare dietro le tapparelle.

Il cielo sta diventando più chiaro, in distanza qualcuno solleva una saracinesca. Entrambi pensano che là fuori tutto funziona, ci sono persino rondini che volano attorno agli alberi di fronte, come se dovesse succedere qualcosa.

Poi campane in distanza. Chi suona le campane? Chi solleva la saracinesca?

Non lontano c'è un quartiere di palazzoni nuovi a forma di torri, dove regna il silenzio. La cabina telefonica all'angolo. Qualcuno mette in moto una macchina e parte. Entrambi pensano che la commedia delle apparenze continua sempre là fuori, non si ferma mai.

A questo punto però il dottore si accorge di pensare i pensieri di Baratto, anche se in effetti Baratto non ha veri e propri pensieri che siano suoi. Sono piuttosto i pensieri degli altri che gli vengono in mente, quelli d'uno che passa per strada, d'uno che solleva una saracinesca, d'uno che mette in moto una macchina in distanza.

Grazie a tanta gente che pensa le stesse cose, la frase "È l'alba" vuol proprio dire che è l'alba con tutte le sue apparenze. E grazie a Baratto che guarendo comincia ad avere solo pensieri di altri, adesso anche al dottore appare tutta vera questa messinscena dell'alba.

Nel pomeriggio d'un sabato ormai invernale, è uscito come al solito per andare a fare la spesa in quel supermercato vicino. Dopo aver fatto la spesa attende col carrello il suo turno per pagare alla cassa, ed esce con due sporte di acquisti. Sulla porta del supermercato incontra una donna bionda che gli dice: "Chi non muore si rivede! Io ti avevo detto i miei sentimenti, e perché tu non mi hai cercato?"

Lui l'ha esaminata, quindi s'è avviato in silenzio verso casa, seguito dalla donna che continua a parlare. Stanno salendo le scale del palazzo dove Baratto abita, e dove poi la donna lo segue fin nel suo appartamento. Qui lo guarda riporre ordinatamente gli acquisti alimentari nel frigorifero, e intanto gli dice: "Non ti piaccio? Se non ti piaccio, non c'è bisogno che fai tante commedie. Ma tenermi sei mesi in sospeso, senza una parola, ti sembra giusto?"

Baratto scuote la testa e sorride, ha trovato un verme nella verdura.

La porta dell'appartamento è rimasta aperta, perché da quando è muto si direbbe che a Baratto le porte chiuse diano fastidio. Così adesso entrano in casa liberamente due uomini, e si fermano a guardarsi attorno nel soggiorno.

Uno di questi è un sollevatore di pesi che fa i campionati del mondo; costui negli ultimi tempi ha cominciato ad aver paura della morte, e va a raccontarlo in giro a tutti, e oggi ha voluto venire a raccontarlo a Baratto. L'altro individuo è un ometto piccolo e magro, col volto butterato, professore di tedesco che segue dovunque il sollevatore di pesi e gli dà consigli; questo si chiama professor Crone, ed è anche un medium.

I due vogliono sapere perché Baratto non viene più nel

loro bar a giocare a carte il giovedì, e la donna bionda commenta: "Eh, lui è uno che si nasconde."

Il sollevatore di pesi dice: "Lui lo invidio. Senza figli, un buon stipendio, senza pensieri. Io devo stare attento a tutto, perché tutti i momenti può succedere qualcosa. Se attraverso la strada posso farmi uno strappo a un muscolo, e mi fotto i campionati. Non posso neanche andare con le donne: se ne trovo una con malattia, mi fotto i campionati. Ogni secondo può succedere qualcosa, ma ci pensa? Eh, cosa ne dice professore?"

Il professor Crone annuisce.

Baratto ha finito di riporre gli acquisti e di annaffiare i bordi del lavandino del cucinotto. Senza badare agli altri si avvia giù per le scale, e gli altri lo seguono chiacchierando. Quando suona alla porta dei due pensionati, si apre invece la porta del dottore, e il dottore si affaccia a chiamarli: "Siamo qui, venite dentro."

Attraverso Baratto, il dottore e i due anziani pensionati sono divenuti amici, e spesso trascorrono le serate assieme raccontandosi a vicenda la loro vita. I due pensionati danno anche molti consigli al dottore, circa la sofferenza della solitudine.

Nell'appartamento del dottore, seduti sui morbidi divani di cuoio, tutti cominciano a bere vino bianco ed a fumare sigari che il padrone di casa distribuisce. Fuma anche la donna bionda, che non smette di ridere per tutto quel fumo che le esce di bocca. Accanto a lei il professor Crone beve assorto, strappandosi lentamente i peli di un orecchio.

Dopo una cena fredda preparata dal dottore, ricominciano a fumare sigari e si mettono ad ascoltare dischi, esprimendo le rispettive preferenze in fatto di musica. Al dottore piace il jazz, mentre la donna bionda non lo capisce, e i due pensionati preferiscono la musica classica purché sia suonata bene. Il sollevatore di pesi dice che lui non ha tempo di pensare alla musica, per via di tutto quello che può succedere ogni momento. E il professor Crone non dice niente, è occupato a frugarsi in bocca alla ricerca di residui di cibo.

Qualcuno propone di guardare la televisione, ma i pensionati e il dottore si oppongono. Allora decidono di raccontarsi tutti la loro vita, e comincia la donna bionda dicendo: "Sono stufa di dover andare alla partita tutte le domeniche, solo perché Bicchi vuole che io lo veda giocare. Tanto più poi che lui s'è innamorato di un'altra, e ha le smanie per lei."

Così racconta la storia di suo marito, di nome Bicchi, innamorato d'una donna che vede sempre in una stazione di servizio sull'autostrada. Quando lui passa alla sera col camioncino, quella donna è sempre nel bar che fuma in piedi, guardando dalla finestra i riflessi delle luci al neon sul piazzale. E siccome lei fuma sigarette Marlboro e Bicchi non conosce il suo nome, dunque lui la chiama "la donna che fuma Marlboro". E non fa che parlare della donna che fuma Marlboro. Una sera un suo collega ha detto: "A quella le darei io una buona sigaretta da fumare", e Bicchi ha cercato di strozzarlo. Dopo hanno disfatto la ditta di appalti delle pulizie che avevano assieme, e adesso Bicchi è senza lavoro per colpa della donna che fuma Marlboro.

Tocca parlare al dottore, che dice: "Io sono stato sposato a lungo con una donna che non capivo. Non capivo cosa si aspettasse giorno dopo giorno, perché si comprasse tanti vestiti, perché si pettinasse e truccasse con tanta cura. Spesso la spiavo per vedere se aveva ancora lo stesso viso, gli stessi occhi, lo stesso colore di capelli. Mi aspettavo sempre che un giorno tornasse a casa e fosse una persona del tutto diversa, e non mi riconoscesse più. Altre volte guardandola vedevo uccelli nel volto di mia moglie: le sopracciglia erano due rondini, il naso un piccolo passero, la bocca uno sparviero che plana con ali morbide e ferme."

La storia del dottore ha lasciato tutti un po' perplessi, ma ora tocca parlare al sollevatore di pesi, che dice: "Voi non ci pensate alla morte? Io ci penso sempre e non riesco a dormire per quello. Penso che quando si è morti si resta morti per tanto di quel tempo, per un tempo così infinito che mi fa girar la testa, mi vengono le vertigini. E va a finire che vado fuori forma, mi capite? Perché anche un'insonnia può indebolirmi, anche un raffreddore, e dopo i campionati mi vanno in fumo. Eh, siamo fragili, fragili.''

Poi racconta che lui, assieme al professor Crone, fa delle sedute spiritiche per chiedere ai morti quello che può succedere, e così risparmiarsi dei guai. Il professore è un grandissimo medium, capace di far parlare anche i morti più lontani. ''Con lui i morti parlano quasi sempre,'' aggiunge il sollevatore di pesi, ''e noi li registriamo con un impianto stereo ad alta fedeltà, che ho comprato apposta. Vero, professore?''

Il professor Crone annuisce.

A questo punto qualcuno propone di fare una seduta spiritica per sentir parlare i morti. Tutti applaudono all'idea, e le luci vengono abbassate e il medium si siede da solo ad un tavolo in penombra. C'è un gran silenzio per molti minuti. Il professore comincia a fare delle domande nel vuoto rivolto al muro, come se parlasse al telefono: ''Non sento bene.''

Nessuno infatti sente niente. Poi però tutti incominciano ad aver l'impressione che ci sia una voce nella stanza, come la voce fievole e impastata d'un morto che non parli da secoli. Proviene dalla bocca del caminetto, dietro un divano.

Addormentatosi supino accanto al caminetto, Baratto parla nel sonno e risponde alle domande del professore. Tutti se ne accorgono e sono eccitati, sollecitano il professore perché continui a fargli delle domande. E Crone chiede: ''Dimmi a cosa stai pensando.''

Il dormiente comincia con frasi confuse e dice che non può rispondere, perché i suoi pensieri non sono lì ma da un'altra parte. Quando il professore chiede dove sono, lui risponde che il tempo va e i pensieri vanno, e chi lo sa dove vanno i pensieri?

Dopo molte altre frasi del genere, il professore gli chiede di spiegarsi un po' meglio, loro vogliono sapere cosa lui abbia nella testa. Allora Baratto, sollevandosi a sedere come un sonnambulo, si tocca una tempia e risponde che lì dentro non c'è niente, nella testa, succede tutto all'esterno.

Qualcuno del pubblico vuol sapere: ''All'esterno dove?'' E lui seduto immobile, ma socchiudendo gli occhi, risponde:

"All'esterno nell'aria, dove vanno in giro le frasi che vengono in mente, e così uno può dire qualcosa."

Adesso è il dottore che interviene, per chiedere: "Baratto, tu sei stato muto per tanti mesi, ma cosa avevi in testa per tutto questo tempo?"

La donna bionda commenta, eccitata: "Ah, è così interessante sapere cosa succede nella testa degli altri!"

Sempre a occhi chiusi e seduto immobile, Baratto risponde alla domanda con queste parole: "Le frasi vengono e poi vanno, e fanno venire i pensieri che poi vanno. Parlare e parlare, pensare e pensare, poi non resta niente. La testa non è niente, succede tutto all'aperto."

A questo punto il sollevatore di pesi fa un'osservazione con aria critica: "Ohè, ma siamo sicuri che non ci stia prendendo in giro? Io per me, di ascoltare queste pirlate ne ho già abbastanza."

Il vecchio pensionato insorge: "Stia zitto, lei, e non dica stupidaggini! Lei mi sembra un immaturo, se vuole proprio saperlo."

Il sollevatore di pesi replica, con un sogghigno: "Ah, io sarei un immaturo? Caro nonno, lei non mi conosce. Se le può interessare, io ho fatto due campionati del mondo e ho anche letto dei libri di filosofia. Vero, professor Crone?"

Il professor Crone annuisce, ma subito la donna bionda alza la voce: "Fatela finita e state zitti tutti! Guardate che si sta svegliando!"

Dietro il divano Baratto sbadiglia largamente, con profondi suoni di gola. Rialzandosi si tocca il ginocchio e mormora tra sé: "Oh, mi è tornato male al menisco!" Sbadiglia di nuovo e si stira, poi si risveglia del tutto. Adesso fa un largo sorriso e chiede se ha parlato bene.

Tutti lo applaudono. Ed è così che Baratto ha ricominciato a parlare.

CONDIZIONI DI LUCE SULLA VIA EMILIA

Io e Luciano Capelli abbiamo incontrato molte volte il dipintore d'insegne Emanuele Menini, e molte volte abbiamo ascoltato i suoi pensieri sulla condizione delle cose lungo la strada dove abitava, la via Emilia.

Emanuele Menini ha vissuto vent'anni su quella strada, ed essendo anche pittore di paesaggi sapeva bene come la luce viene giù dal cielo, come tocca e avvolge le cose.

La strada dove Menini abitava passa per alcune città di media grandezza e arriva fino al mare, percorrendo una tra le pianure meno ventilate della terra. È una linea divisoria tracciata non so quanto tempo fa tra terre alte e terre basse, che non presenta mai orizzonti molto lontani, perché è chiusa su un fianco dal profilo collinare e sull'altro da campi coltivati che spuntano quasi ad altezza d'occhi.

Il profilo collinare sale per calanchi e crinali verso montagne a tratti spopolate, spesso brulle, con boschi dove a volte vagano desolati cacciatori in cerca d'una selvaggina scomparsa. È questa linea di montagne che blocca tutti i venti dell'est, le correnti ascensionali che vengono dal mare, rendendo quelle zone così scarsamente ventilate.

In certe giornate limpide, salendo sulla montagna e guardando verso la lunga strada, si vede una fascia bluastra o perlacea secondo le stagioni, sospesa sulle pianure quasi in permanenza. Quella è la nube entro cui si vive da queste parti, una nube dove ogni luminosità si disperde in miriadi di riflessi.

Un traffico di automezzi in file continue scorre per molte ore al giorno sulla lunga strada, per gran parte del suo percorso. E per gran parte del suo percorso si viaggia tra due quinte formate da cartelloni pubblicitari, lunghi capannoni industriali, stazioni di servizio, empori di mobili e lampadari, depositi d'auto in esposizione, depositi di carcasse d'auto, bar, ristoranti, palazzine a colori vivaci, oppure quartieri d'alti palazzi sorti in mezzo alle campagne.

Intorno l'aria brilla quasi sempre con toni cangianti, dovuti al pulviscolo, ai residui di combustioni dei motori, agli strati di polverizzazione del manto d'asfalto e dei battistrada, nonché ai vapori esalati dal suolo di marne calcaree e argillose. Così la luce piombando dall'alto si ingolfa in uno strato d'atmosfera molto più denso e pesante degli altri; e ciò annulla o fortemente riduce i contrasti con le ombre diurne, per la grande dispersione dei raggi luminosi continuamente deviati o rinviati in modo inconsulto, che avvolgono tutto in una nube di barbagli e riverberi.

Naturalmente ci sono molte differenze tra i modi in cui la luce si disperde nelle varie ore del giorno e nelle diverse stagioni. Poiché quelle terre sono un antichissimo golfo di paludi colmate per lo più da argille, dove le piogge scorrono o evaporano senza essere trattenute dal suolo, sono anche una zona con nebbie stagionali tra le più impervie.

Dunque la nube di riflessi sulla lunga strada appare spesso opaca o cinerea nelle stagioni umide, per le nebbie fitte di vapori che salgono dal suolo. Invece è quasi sempre iridescente nei mesi più caldi, e ad esempio in estate al mattino un campo di cavoli può presentarsi agli occhi con un verde fluorescente, una stazione di servizio e un capannone industriale possono apparire tremolanti come un miraggio, mentre il cielo sereno è tutto perlaceo fino allo zenit.

Solo quando il sole è basso all'orizzonte diventa possibile

scorgere bene le ombre sulla terra, i contorni delle cose, e guardare le cose senza averne lo sguardo offuscato dai barbagli nell'aria. E di notte sulla lunga strada non si vedono mai molte stelle, perfino ci si dimentica che in altre zone del pianeta i cieli fittamente popolati di luci sono uno spettacolo normale. Qui in alto le luci della Via Lattea e dell'Orsa e le Pleiadi, nelle notti d'estate sono quasi sempre perse, introvabili, la loro scintillazione confusa dalla bruma su quelle terre con pochissimi venti.

Il dipintore d'insegne Emanuele Menini aveva spesso riflettuto su tutto questo, anche se s'era sempre limitato ad osservare un piccolo tratto di quella strada, tra casa sua e un bar a cinquecento metri da casa sua, andata e ritorno.

Appena fuori dalla casa dove Menini abitava, ci si trova davanti ad un cavalcavia sul quale passa una linea ferroviaria. Di là dal cavalcavia la lunga strada prosegue tra due file di case basse, e più oltre lo spazio si allarga verso quartieri d'alti palazzi tutti a spigoli contro il cielo.

Quella strada periferica, sempre affollata al mattino di automezzi e gente che esce a far la spesa, appariva spesso a Menini in controluce di là dal cavalcavia soltanto come una bruma piena di riflessi. E nel suo pensiero lui vedeva che le file d'automezzi sull'asfalto, assieme agli abitanti per strada, agli arbusti cresciuti in una fessura del marciapiede, alle foglie d'un grande platano accanto ad una stazione di servizio, partecipavano tutti ad un vasto movimento di convezione e fluttuazione dell'aria stagnante, percorso da onde e risucchi del traffico.

Ciò che vedeva in quel momento era un impasto d'aria, dove si muovevano ombre annegate nella luce dispersa. Menini diceva: "Luce scoppiata in disfazione."

Proseguendo di là dal cavalcavia, ogni mattina attraversava il punto in cui la nube è più densa perché la strada è più stretta, tra quelle case basse con piccoli negozi. Qui gli autobus che spesso occupavano tutto l'asfalto, e la gente in attesa dell'autobus, la gente che andava a far la spesa o entrava nei bar, tutti erano avvolti da movimenti di fluttuazione con gorghi e risucchi più intensi. E nella fluttuazione compressa in uno spazio stretto, il dipintore d'insegne cominciava a percepire un tremore nell'aria che rendeva ogni cosa instabile, vacillante attorno a lui e vacillante anche lui assieme agli altri.

Questo era il tremore d'ogni giorno che arrivava al cominciamento del mattino: qualcosa che ti trasporta e a cui non si può resistere, che Menini paragonava ad uno stato d'ubriachezza.

Poi nel tratto in cui la strada si allarga ed è incrociata da un viale periferico a doppia corsia, spesso lui notava che l'aria è attraversata da un'onda percussiva come una camera a scoppio. Infatti nello spazio più largo si sfoga il tremore della fluttuazione compressa nel punto precedente, il traffico improvvisamente accelera, le macchine partono a tutta velocità verso il semaforo. E quando si sentono quei camion con rimorchio che accelerano, portando al massimo il tremore che rende tutto vacillante, ci si accorge bene che qui all'ubriachezza è difficile sottrarsi.

Secondo Menini, ciò che avveniva in quel punto era come quando gli ubriachi diventano scalmanati. Lo stesso per quegli ubriachi lì che passavano in macchina.

All'altezza del bar dove Menini andava ogni giorno, la visuale si apre verso la prospettiva d'un lungo stradone a doppia corsia. E stando sulla porta del suo bar, in diverse stagioni, il dipintore d'insegne vedeva là in fondo una bianca nebbia su un dosso, dove un imponente cedro del Libano domina il traffico. La sagoma del grande cedro era sempre nera, mentre le file d'automezzi laggiù erano una massa di forme imprecise con contorni luminosi, perse in quella nebbia color latte.

Una volta Menini aveva camminato fino a quel dosso, perché il grande cedro del Libano gli aveva fatto pensare a Dio; e là gli era venuto in mente un pensiero.

La prima volta che Luciano Capelli mi ha portato ad incontrare Menini, una domenica di gennaio nel suo solito bar, lui mi ha osservato a lungo ed infine ha detto: "Allora tu sei uno che scrive. Bravo! Io sarò contento se scriverai quello che dico, così il mio fiato va meno sprecato."

E subito s'è messo a raccontare quella passeggiata fino al dosso, compiuta perché il grande cedro del Libano gli aveva fatto venire in mente Dio.

Arrivato laggiù, voltandosi s'era accorto che non riusciva più a vedere la nube entro cui si svolge il traffico dalle sue parti, perché non era più in controluce. Aveva proseguito oltre il dosso, e s'era accorto che anche guardando avanti non riusciva a vedere la nube sulla strada, perché oltre il dosso non ci sono più ostacoli e niente scherma i raggi del sole nell'aperta campagna.

Tornando indietro era passato davanti a un cimitero moderno, dove stavano portando il feretro d'un morto di quelle periferie. Tra le macchine s'era fermato a farsi il segno della croce, e proprio in quel momento gli era venuto un pensiero.

Aveva pensato che per vedere la nube bisogna trovarsi in punti speciali, come ad esempio al di qua di quel cavalcavia. Ma anche nei punti speciali le cose erano due: o si sta dietro al tremore o si guarda. E in quelle periferie guardare e vedere qualcosa era quasi impossibile.

"Perché?", si è chiesto. E ci ha spiegato il perché: perché uno guarda e pensa di aver visto qualcosa, ma il tremore nell'aria porta via subito il pensiero di quello che ha visto. Così c'è solo il pensiero di muoversi nella luce scoppiata, e bisogna muoversi e basta nell'affaccendamento di ogni giorno.

Credeva che questo fosse il motivo per cui la gente dalle sue parti non sembra preoccuparsi affatto della nube entro cui vive, una nube in cui si entra senza accorgersene e quando si è dentro è molto difficile da osservare e riconoscere come qualcosa di insolito. Quella domenica nel bar, tra uomini che giocavano a carte e altri che commentavano notizie sportive, ha così riassunto le sue conclusioni: "Dentro questa nube noi siamo tutti legati uno all'altro dalla respirazione. Nessuno può respirare diversamente dagli altri e avere altri pensieri. E così siamo tutti come ubriachi che non sanno quello che fanno, ma che si tengono per mano. Ve lo dico io che non sono nessuno, ma che abito qua da vent'anni."

Appena fuori dal bar il dipintore d'insegne ci ha indicato un cane maciullato dal traffico sulla banchina laterale, e ha detto: "Guardate, ecco com'è la vita qui. Dunque quando voi sentite il tremore nell'aria dovete stare molto attenti. Qui noi viviamo come ubriachi e non si sa mai cosa può capitarvi. E non attraversate tanto la strada, mi raccomando. Perché da queste parti tutti rispettano solo le macchine, e hanno solo pensieri di macchine. E ritengono che, se qualcosa non è una macchina, quella sia una bassezza della vita."

Un'altra domenica io e Luciano Capelli abbiamo accompagnato in macchina Menini a far visita ad un industriale delle scale a chiocciola, che era un suo parente e un suo ammiratore. Aveva nevicato tutta la notte, e andando verso la piana dove sorge il paese delle piastrelle, a una trentina di chilometri dall'asse della lunga strada, tutto era bianco intorno e sfumato dagli aloni di nebbioline che coprivano lo sfondo.

Ci siamo fermati a guardare un fiume. Il suono dell'acqua che scorreva tra le nevi, l'abbaiare dei cani in distanza, i rumori di macchine che passavano su una strada vicina, giungevano attutiti nello spazio. Il dipintore d'insegne ha fatto questo commento: "La neve contrasta il tremore, mentre la pioggia lo scombussola. Perché con la neve viene un po' d'immobilità nelle cose, e invece la pioggia martella e picchietta, e tutti non ne possono più e vogliono solo scappare a casa."

Passavano molte macchine di sciatori con gli sci sul tetto, sbucando da una curva a tutta velocità e poi perdendosi nella nebbia, diretti verso quella linea di montagne che costeggia la lunga strada. Gli sciatori nelle macchine sembravano allegri, e Menini ha detto: "Vanno a sciare contenti perché la neve rende tutto un po' più normale. Col bianco vengono fuori meglio i contrasti, e allora le cose sembrano nitide e tranquille."

La grande piana del paese delle piastrelle comincia non lontano dal punto in cui c'eravamo fermati. Là, per chilometri e chilometri, hanno affettato tutte le colline per ricavarne argilla e farne piastrelle. Quella mattina passando riuscivamo a vedere fette di colline che erano ancora in piedi, sul suolo piatto e bianco, speroni che sorgevano dalla terra piallata con le ruspe. In altri posti non vedevamo niente perché le colline erano state tutte asportate, e in altri posti ancora invece delle colline vedevamo enormi buchi scavati per ricavarne argilla, valloni rettangolari contornati da brughiere d'erbe ingiallite.

Menini ci ha raccontato che, quand'era bambino, andava a spigolare da quelle parti con sua nonna. Raccoglievano spighe e chicchi di grano rimasti per terra dopo una mietitura, e con quelli riuscivano a fare il pane per qualche giorno. Ogni tanto durante queste spigolature sua nonna si fermava a pisciare in piedi a gambe larghe, sollevando appena un po' l'ampia sottana che arrivava fino a terra. Invece in altri periodi lui e sua nonna andavano a scavare argilla con una paletta, poi con uno stampo facevano mattoni da vendere ai negozianti, poi hanno smesso perché i negozianti volevano solo mattoni industriali, dove gli spigoli sono perfetti.

Mentre attraversavamo un luogo deserto tra sfilze di capannoni industriali, con piazzali antistanti tutti ingombri di piastrelle imballate nel nylon, Menini ci ha chiesto di fermare la macchina. In mezzo alla strada puntava un dito e ci gridava: "Là c'era la mia scuola", ma noi vedevamo solo palazzoni a vetri pieni di insegne in stile americano, che erano sedi commerciali delle ditte di piastrelle in aperta campagna. Sull'altro lato della strada una discarica di rottami era coperta di neve e cinta da reticolati, più avanti un cartello avvertiva: SABBIE MOBILI.

Prima di arrivare alla villa dell'industriale delle scale a

chiocciola, passando per una stradina di campagna abbiamo visto un enorme capannone industriale completamente vuoto all'interno, tutto a vetri, ma illuminato all'esterno da due batterie di potenti fari accesi in pieno giorno. Di fronte c'era una palazzina in stile geometrile, con due piccoli cipressi d'Arizona ai lati dell'ingresso.

C'eravamo fermati e Menini guardava alternativamente l'enorme capannone vuoto e illuminato, ed i due piccoli cipressi di fronte. Alla fine ci ha dato questo annuncio: "Quegli alberi lì sono dei dispersi, perché il loro posto è su qualche montagna. Li piantano qui perché crescono in fretta e non richiedono manutenzione. Ma sono dei dispersi come me, Emanuele Menini, e quasi tutti quelli che vedo in giro dalle mie parti. Tu che scrivi, scrivilo questo nel tuo quaderno."

Quella domenica d'inverno siamo giunti con molto ritardo nella villa non lontana dal paese delle piastrelle, dove ci ha accolto una donna che viveva con l'industriale delle scale a chiocciola. La villa (ora trasformata) era allora in stile californiano, almeno secondo le intenzioni del suo proprietario, che l'aveva fatta costruire da un architetto locale.

La donna che ci ha accolto era la moglie d'un miliardario delle piastrelle, fuggita di casa e venuta ad abitare lì, in quella grande villa con tetto spiovente e travi esterne in abete bianco, che l'industriale delle scale a chiocciola aveva fatto costruire per lei, secondo Menini. L'aveva fatta costruire per dimostrarle il suo amore e per convincerla ad abbandonare il marito.

Il giovane industriale quel giorno ci ha informato che nella zona ci abitavano solo miliardari, c'era un miliardario ogni quattromilasettecento metri quadri. Di sé ha detto: "Io ho fatto i soldi con le scale a chiocciola vendute in tutto il mondo, anche ai giapponesi. Se uno ha delle idee, fare dei soldi non è difficile. Guardate me, mio padre era un maniscalco e abbiamo messo su la fabbrica insieme. Adesso non ho paura di nessuno, neanche dei miliardari delle piastrelle."

Secondo Menini stava progettando un viaggio negli Stati Uniti, per vedere se le ville californiane erano fatte davvero come la sua.

A Emanuele Menini, in quanto pittore di paesaggi, interessava soprattutto capire come appaiono le cose che stanno ferme, quando sono toccate dalla luce. Osservava dunque ogni giorno come apparivano le cose sulla lunga strada dove abitava, andando verso il suo bar al mattino e poi fino al capannone dove lavorava, non lontano dal bar.

In particolare nei mesi caldi, si accorgeva che non solo le persone e gli automezzi, ma anche le cose attorno gli apparivano raramente immobili, benché ferme per loro condizione naturale.

Le cose apparivano nitide e tranquille solo quando i venti di tanto in tanto riuscivano ad irrompere, spazzando l'aria. Ma più spesso erano vacillanti e incerte per un velo di piccoli barlumi che ne offuscavano i contorni, e che gli impedivano di vedere la loro immobilità. Ad esempio teneva d'occhio un vecchio paracarro oltre la strada, di fronte al suo bar, e lo vedeva sempre con contorni traballanti.

A questo proposito, una volta l'industriale delle scale a chiocciola ha detto a Menini: "Menini, ma sei sicuro che non sono i tuoi occhi che ci vedono confuso? Io per me, vado in fabbrica tutte le mattine e non vedo niente di quello che dici tu. Non sarà meglio che vai a farti visitare da un oculista?"

Poiché altri gli avevano già dato questo consiglio, il dipintore d'insegne un giorno è andato all'ospedale per farsi visitare gli occhi. Ma sembra che l'oculista gli abbia detto che lui ci vedeva meglio degli altri in distanza, perché ci vedeva male da vicino. Quando Menini gli ha spiegato che le cose gli apparivano sempre con contorni incerti per via dell'aria che brilla, pare che quel dottore gli abbia risposto: "Be', sarà come dice lei. Ci sono tante porcherie nell'aria, ma se uno non ci sta attento non se ne accorge."

Questo ha confortato il dipintore d'insegne, che dunque

ha ripreso la sua osservazione delle cose sulla lunga strada.

Un giorno mi ha spiegato: "Ti dirò perché Menini non è un gran pittore. Perché se l'immobilità lui non la vede, non riesce neanche a dipingerla. Ma c'è un altro fatto che devi scrivere. Se Menini e nessuno riesce più a vederla, le cose sono disgraziate."

Siccome sapeva che Luciano era fotografo, una domenica di marzo gli ha chiesto di accompagnarlo in un'esplorazione del quartiere di grandi palazzi cresciuto di fronte al suo bar, per fotografare lo stato immobile delle cose (se riuscivano a vederlo). Perché questo Menini andava cercando attorno a sé e dentro di sé, nei suoi pensieri, e sperava che la fotografia lo aiutasse.

Non si era mai inoltrato in quel quartiere. Là, camminando tra lunghissimi caseggiati molto alti e tutti bianchi, ha avuto subito l'impressione d'essere in una gola deserta sotto il sole. L'aria brillava contro i bianchi muri, i riverberi sull'asfalto gli davano fastidio agli occhi, e quelle strade piene di macchine parcheggiate lungo i marciapiedi, ma vuote d'uomini e di bestie, lo rendevano perplesso.

S'è fermato ad ascoltare il silenzio domenicale, ed ha sentito un tremore lontano che giungeva fino alle tapparelle di quei lunghi caseggiati, e fino ai fili d'erba d'una piccola aiola. Ha indicato a Luciano quei fili d'erba che avevano lievi oscillazioni, e poi ha detto: "Caro Luciano, anche qui le cose sono disgraziate."

Ad un'estremità del quartiere c'è un giardino pubblico con panchine di cemento, qualche abete nano e qualche albero di magnolia. I due esploratori si sono seduti ad osservare i merli che volavano nel pulviscolo, alcuni ragazzi che passavano in bici, un signore che portava a spasso il cane nell'aria iridescente.

Oltre il giardino hanno trovato una vecchia chiesetta ridipinta con colori industriali, panna e amaranto. Il dipintore d'insegne ha voluto entrare a pregare, mentre Luciano aspettava fuori fotografando.

Stavano tornando verso il solito bar, e Menini ha così esposto i suoi pensieri: "Caro Luciano, io credo che bisogna chiedersi cosa è luce e cosa è ombra, per non lasciare le cose da sole nella loro disgrazia. Vengo al punto: tu ne vedrai molti in giro che, se gli capita di guardare qualcosa che non si muove, diventano furibondi. Per loro la luce scoppiata è normale che ci sia, siccome va con il tremore e allora tutto si muove e bisogna essere sempre affaccendati. Be', cosa possiamo noi dire di questi che non sentono più pace davanti all'immobilità delle cose? Tieni conto che sono i più. Eh, cosa possiamo noi dire?"

Questa è una domanda che Menini ha continuato a porsi per un pezzo. E una volta ci ha chiesto di accompagnarlo in macchina a fare un giro per le campagne, per trovare una risposta.

Abbandonata la lunga strada e inoltrandoci nelle campagne, siamo passati davanti a moltissime case coloniche vuote, i cui abitanti sono andati a stare nelle palazzine a colori acrilici sparse nei dintorni. Ci siamo ritrovati per luoghi che non erano luoghi, solo sfilze di palazzine a colori acrilici, circondate da muretti in argilla espansa che gettavano sull'asfalto strane ombre estive in piena primavera.

Davanti alle palazzine c'erano sempre piccoli cipressi d'Arizona a decorazione dell'ingresso, e spesso piccoli lampioni nei giardini. Secondo Menini anche quei lampioni erano dei dispersi, perché secondo lui tutte le cose fuori luogo erano dei poveri dispersi.

I colori troppo vivaci dei fiori davanti alle porte e quelli acrilici brillanti dei muri, in contrasto con quelli scuri di porte e finestre, rendevano quei posti di campagna programmaticamente moderni. Abolita ogni crepuscolare incertezza, i colori erano tutti netti come nel campionario d'un rappresentante. E ci è parso che tutte le apparenze fossero diventate oggetti di scambio con un preciso modello, comprese le ombre e le luci, il silenzio e i rumori: non dipendevano più dall'ora del giorno, dal caso o dal destino, ma solo dal modello in vendita.

Poi ci siamo fermati sulla piazza d'un piccolo paese, contornata da alberi scapitozzati e affollata da ragazzi in motorino che sostavano davanti ad una gelateria. Il dipintore d'insegne ci ha indicato le cose avvolte nella luce dispersa del primo pomeriggio; e ci ha mostrato come tutte le cose avvolte da quella luce, un muro, una zona del selciato, un angolo di strada invaso dai riflessi, facessero pensare a traffici e vendite come i neon della pubblicità.

Ha poi mostrato come quei ragazzi in motorino tendessero a radunarsi solo dove c'è luce dispersa piena di riflessi che invade tutto e annulla le ombre, forse perché sono attratti dalle vendite e dalla pubblicità.

Tornando indietro ha voluto fermarsi in una stradina di campagna a fare una riflessione. Ecco la riflessione che ha fatto: se qualcosa si presenta con ombre un po' ferme, così che la luce può far respirare l'ombra attraverso i colori, invece di soffocarla nei colori netti senza ombre, quella cosa appare molto disgraziata. Perché? Non sapeva perché.

Ha però indicato una piccola roggia accanto alla strada. E lì c'erano ombre abbastanza ferme, che ad un tratto sono apparse a Luciano commoventi.

In macchina Menini ci ha detto: "Da dove vengono questi pensieri? Chi lo sa! Ma mi viene in mente che la luce scoppiata dei neon è come un cane che abbaia per farci correre, e noi corriamo. Lo stesso per l'altra luce scoppiata, che sembra sempre luce dei neon. Ecco perché un'ombra ferma e tranquilla sembra a Menini disgraziata. Per il sentimento d'immobilità che mette dentro, quando invece bisogna correre."

Infine, passando sulla lunga strada, ci ha mostrato come le belle ombre primaverili nei fossi avessero tutte l'aria di aspetti inutili, troppo immobili per questo mondo.

Per molti mesi non ho più rivisto il dipintore d'insegne perché sono andato all'estero. Menini sentiva la mia mancanza, in quanto non c'era nessuno a scrivere i suoi pensieri e gli sembrava che il suo fiato andasse sprecato. Tanto più che adesso Luciano lavorava per una ditta di rivestimenti termici con fibre d'amianto nei capannoni industriali, e doveva alzarsi ogni mattina alle cinque e restare fuori tutto il giorno; poi alla domenica doveva badare alla sua bambina, e così non aveva mai tempo per andare a trovare Menini nel solito bar.

Alla fine dell'estate il dipintore d'insegne gli ha telefonato una sera, per chiedergli di annotare i pensieri che gli erano venuti, in attesa che tornasse il signor scrittore . Al telefono ha detto: "Ascoltami bene, Luciano. Ombra e luce non stanno più bene assieme di questi tempi, per via dell'aria sporca che non dà buone ombre, e poi ci viene anche nei polmoni. E noi come ubriachi cerchiamo di rimediare, mettendo dappertutto colori netti e vivaci che si vedano meglio. Ma siamo sempre più ubriachi, siccome i colori vivaci ti fanno dimenticare le ombre e i crepuscoli, e ti rendono stupido, ecco il fatto."

Sul finire dell'estate cercava di approfondire queste considerazioni, sorvegliando un tratto di strada vicino a casa sua, dove il movimento di fluttuazione dell'aria produce un'onda percussiva come una camera a scoppio. In quel punto il traffico accelera e le macchine partono via a tutta velocità per arrivare in tempo al semaforo, prima che diventi rosso. Ed era lì, secondo Menini, che gli automobilisti già ubriachi per il tremore diventavano come ubriachi scalmanati.

Ma siccome spesso non riuscivano a decelerare in tempo quando il semaforo diventava rosso, e altri ubriachi spinti dal tremore partivano in anticipo sul viale d'incrocio, molto spesso c'erano incidenti.

In caso d'incidente il dipintore d'insegne osservava questo: come apparivano le macchine fracassate all'incrocio, nella luce tutta ingolfata in strati d'aria densi di residui di combustioni, e come apparivano le persone uscite dalle macchine a discutere, anche loro piantate là nella piena luce scoppiata e gesticolanti come uomini furiosi, mentre altri automobilisti bloccati sul viale d'incrocio diventavano anche loro furiosi per l'immobilità che non sopportavano, e si davano a claxonare

in lunghissime file di macchine incalzate dal tremore spasmo-
dico che si spande per le periferie nelle ore di punta.

Osservando questi aspetti, è arrivato ad alcune conclusioni. Quando c'era un incidente, uomini e macchine gli
apparivano là fuori piantati nella luce e avvolti dai riflessi, in
una grande solitudine sull'asfalto.

E nel suo pensiero lui vedeva che niente più della luce
rende i corpi isolati nello spazio, mostra un loro isolamento
definitivo, simile a quello d'un paracarro e d'un vaso di fiori.

Un giorno ha detto a Luciano: "I corpi nella luce sentono
il loro isolamento, e vorrebbero scappar via come lepri. Ma
scappare dove? Vengo al punto: tu prova a guardare l'orizzonte, e poi dimmi se col tremore addosso uno può pensare
all'orizzonte e aver voglia di vivere in sua compagnia. Impossibile! Tu vuoi isolamento e sempre più isolamento, anche se
sei isolato già un bel po'. E vuoi scappare a chiuderti da
qualche parte. È la luce scoppiata che fa quello scherzo,
perché ti fa correre. E tu vuoi solo le cose presenti, svelte e
vivaci ai tuoi occhi, altroché pensare all'orizzonte. Ma ogni
cosa presente, se rimane immobile lo vedi subito cos'è.
Cos'è?"

Luciano non lo sapeva e Menini glielo ha detto: "Un
niente nella luce, un niente che viene in luce. Per quello
nessuno sopporta l'immobilità, vogliono sempre muoversi, e
tutti s'infuriano se qualcosa li blocca. Vogliono sempre scappare, come ho già detto. Tu scrivi quello che ho detto, che poi
ne parliamo."

All'inizio dell'autunno è piovuto molto. Quasi tutte le
piante sul balcone di Luciano sono rimaste bruciate per
l'acidità della pioggia, e il balcone s'è coperto d'uno strato di
fanghiglia nocciola per via dell'aria sporca.

Sorvegliando l'incrocio Menini ha visto più incidenti del
solito, più cani e gatti maciullati dal traffico, più gente che
usciva di casa con mascherine sulla bocca, più donne che
uscivano dal parrucchiere con un sacchetto di nylon in testa
per proteggersi da quella nube micidiale. E i suoi polmoni
hanno cominciato a fargli più male del solito, un paio di volte

s'è svegliato al mattino con la bocca piena di sangue, ed è stato ricoverato all'ospedale.

Poi sono arrivati dei venti di libeccio a spazzare l'aria per alcuni giorni, e sembrava d'essere in un altro mondo.

Emanuele Menini non era esattamente un dipintore d'insegne, benché questo fosse il modo spicciativo con cui sempre si presentava. La sua specialità era dipingere pannelli per giostre, pianole, e anche palchi di teatro quando gli capitava. S'era però adattato a dipingere di tutto, e negli ultimi anni lui e altri tre soci avevano affittato un capannone vicino alla via Emilia, perché alla loro ditta venivano commissionati grandi pupazzi in cartapesta e macchine comiche con personaggi di fumetti, per carnevali e parchi di divertimenti americani.

Pare che gli americani li considerassero artigiani insuperabili, nella creazione di pupazzi animati. Li avevano già interpellati in vista della costruzione di parchi di divertimenti americani in tutta Europa; un lavoro colossale che avrebbe trasformato i quattro vecchi artigiani in magnati dei pupazzi di cartapesta.

Ma la vera specialità di Menini restava sempre un'altra. Erano i paesaggi, i cestini di fiori, i volti di fanciulli e le ghirlande che decorano le corone di pannelli in cima alle giostre, o i pannelli spioventi all'altezza dei cavalli di legno. Soprattutto i paesaggi erano la sua passione, quando avevano montagne innevate sullo sfondo, ruscelli che vagano tra i prati, piccole figure pastorali e un lago con un torrione sulla riva.

Non avendo più richieste del genere, continuava a dipingere per sé paesaggi su tavola, con monti e valli, ruscelli che vagano tra i prati, laghi con un torrione sulla riva.

La domanda che Menini poneva alla lunga strada dove abitava, riguarda anche i paesaggi nitidi e tranquilli che lui voleva continuare a dipingere. Un giorno l'ha esposta in questo modo: "Qui lo so che c'è un movimento che non può fermarsi mai quando il sole è alto, per causa degli affari, e niente può essere immobile perché la fluttuazione dell'aria è un grande disfazione continua che si può anche vedere con gli occhi, vedendo come la luce confonde le cose più che illuminarle. E quanto più l'aria è densa di gas di disfazione, tanto meno lascia tranquille le cose. Assieme alla luce che le dilata, assieme alla forza di gravità che le stanca tirandole dal basso, le mette in disfazione continua senza pace. Ma allora, io, Emanuele Menini, domando: cos'è questo pensiero dell'immobilità che mi viene in testa? Perché ho voglia di dipingere paesaggi tranquilli, dove la nitidezza è pace? È perché sono vecchio e rinscemito?"

Quando l'industriale delle scale a chiocciola è tornato dal suo viaggio negli Stati Uniti dove era andato a constatare come sono fatte le vere ville californiane, gli ha parlato a lungo dell'aria che si respira per le vie di Los Angeles. Gli ha detto che anche là si vede benissimo l'aria in disfazione che si respira, e dunque è come qua e non c'è differenza. I discorsi di Menini sulla scarsa ventilazione in queste pianure, che rende tutte le cose incerte e traballanti, gli sembravano meno inverosimili. E andando a trovarlo all'ospedale gli ha detto: "Menini, adesso te ti capisco meglio."

In quel periodo ho scritto a Menini una lettera da Birmingham, raccontandogli che anche là ci sono periferie e dispersi dappertutto, e milioni di persone che abitano nelle periferie sparse per le campagne. Anche là la luce era diventata un filtro stranamente opaco, e più visibile di ciò che dovrebbe mostrare fuori di noi, in distanza nel mondo.

Di tutto questo Menini all'ospedale pensava: "Cosa ci posso fare io? Non ci posso fare niente. C'è il movimento che non può fermarsi mai. Ma per accorgersene basta guardare la fluttuazione nell'aria. Non c'è mica bisogno di andare a far viaggi in America, o in Inghilterra come il signor scrittore. Ma guardate un po' gli alberi: vanno a fare dei viaggi, loro?"

In autunno aveva preso l'abitudine di alzarsi molto presto. Non appena i primi camion cominciavano a scuotere i vetri passando sulla lunga strada, lui si alzava ed usciva di casa a cercar di vedere l'immobilità di qualcosa nell'alba, prima che il tremore arrivasse nell'aria e cominciasse il movimento d'ogni giorno.

Durante una passeggiata che abbiamo fatto in un parco, nel mese di novembre, tentava di dirmi cosa cercasse nell'alba. Lui nell'alba cercava di stare in compagnia dell'orizzonte, cercava un'immobilità di dentro, che però può trovarsi solo fuori, nello spazio che si apre e respira attorno ad una cosa fino all'orizzonte.

Certe mattine arrivava fino al viale periferico che incrocia la lunga strada vicino a casa sua, e di lì fino ad una rotonda dove macchine e autobus si disperdevano in quattro direzioni. Mentre il profilo dei grattacieli periferici a quell'ora era attraversato da una luce incerta, lo scarso traffico tra i grandi palazzi del viale a doppia corsia aveva l'aspetto d'un movimento liquido: non era ancora affaccendamento. E giunto alla rotonda Menini aspettava il sorgere del sole, che spuntava sopra una montagna d'immondizia, visibile da quel punto al di là d'una linea d'alberi.

Questa è una montagna a base rettangolare, con un sentiero per i camion che sale lungo le coste. Quando la cima delle montagne brillava, di fronte una fila di palazzi a forma di torri di controllo era investita direttamente dai raggi del sole, e alcune finestre avevano rossi bagliori. Subito dopo quel momento radioso, la montagna d'immondizia si spegneva, e Menini era certo di vedere un cominciamento annunciarsi là fuori, dove i grattacieli periferici avevano improvvisamente cambiato colore.

Dalla rotonda si affrettavano fino ad un parco che si estende verso il rilievo collinare, lo stesso in cui stavamo passeggiando quel pomeriggio di novembre in cui Menini mi esponeva le sue ricerche. In quel parco al mattino presto non c'era nessuno, tranne dei giovani atleti che andavano a fare delle corse, degli anziani signori che passeggiavano dopo essere andati a comprare il giornale, e un paio di donne somale che portavano a spasso il cane dei loro padroni. E nessuno di loro e nessun albero aveva ombre, perché i raggi del sole ancora molto inclinati non superavano la siepe a oriente che separa il parco dalla strada.

Accanto al parco ci sono grandi palazzi a forma di enormi cubi sovrapposti, e di lì al mattino presto Menini vedeva uscire gente e la vedeva avviarsi senza ombre verso la lunga strada, ancora con l'aria non affaccendata. Ma appena raggiunta la strada già toccata dai raggi del sole, tutti acquistavano una sagoma d'ombra, benché non ancora compatta sull'asfalto.

Intanto i tetti delle macchine cominciavano a brillare, le foglie delle siepi avevano minuscoli barlumi, il traffico si faceva meno fluido, di momento in momento aumentava la gente in attesa dell'autobus. A questo punto Menini cominciava a sentire il tremore nell'aria, perché il movimento d'ogni giorno era già cominciato.

E allora, in quel preciso punto del giorno, lui riusciva a pensare ad una forma di immobilità che aveva visto nella luce opaca dell'alba, e questo pensiero teneva desta la sua voglia di dipingere paesaggi nitidi e tranquilli.

"Perché," come ha detto durante la nostra passeggiata, "l'immobilità uno non la vede mai. Ci pensa solo dopo di averla vista, quando sta per arrivargli addosso il tremore e tutto ricomincia a muoversi. Ma posso io convincere qualcuno che ho proprio visto l'immobilità con i miei occhi? No. Posso solo fare un paesaggio."

Dopo quella passeggiata nel mese di novembre, non ho più incontrato il pittore di paesaggi Emanuele Menini. Io e Luciano siamo andati molte volte a cercarlo al solito bar, e anche a casa sua e sul lavoro, senza mai trovarlo.

Quell'inverno è stato molto rigido, uno tra i più rigidi del secolo. Verso Natale c'è stata una forte nevicata su tutte le pianure che la lunga strada attraversa, e l'indomani il pittore di paesaggi Emanuele Menini è stato trovato morto nella neve, in un fosso a lato della strada, nei pressi d'una cabina telefonica.

Da quella stessa cabina telefonica Menini aveva poco prima chiamato il giovane industriale delle scale a chiocciola, per parlargli di qualcosa che aveva visto. Aveva detto d'aver visto una palazzina nelle campagne, lì vicino, e d'esser riuscito ad osservarla bene perché l'aria era molto limpida dopo la nevicata, e la neve lasciava spuntare bene i contorni delle cose. Aveva anche spiegato esattamente dove fosse quel posto.

L'industriale delle scale a chiocciola era subito montato in macchina, pensando a Menini disperso in quel freddo polare, e dopo un paio d'ore era giunto sul posto. Aveva trovato il pittore di paesaggi riverso nella neve e già morto.

È stato sepolto in quel cimitero di periferia davanti al quale una volta s'era fermato a pregare, quando aveva camminato fino al grande cedro del Libano che gli aveva fatto venire in mente Dio. A parte i suoi tre soci del capannone, e quattro clienti del solito bar, al funerale c'era solo l'industriale delle scale a chiocciola.

I soci del capannone hanno detto che negli ultimi tempi Menini era sempre dentro e fuori dall'ospedale, per via del male ai polmoni, e quand'era fuori si dedicava a lunghe passeggiate per le sue ricerche. Ma che abbia camminato nella neve alta fino al punto in cui è stato trovato morto, a sessanta chilometri da casa sua, sembra piuttosto strano.

È anche poco chiaro cosa l'avesse interessato in quella palazzina nelle campagne, che al telefono lui diceva d'aver osservato bene.

In primavera la ditta di impianti termici per cui Luciano lavorava è stata chiamata a rifare l'impianto termico nella fabbrica dell'industriale delle scale a chiocciola. Così Luciano ha rivisto il giovane industriale, ha parlato spesso con lui, ed è venuto a conoscenza d'un episodio che aggiungerò a queste note.

Al suo ritorno dagli Stati Uniti, l'industriale s'era accorto che la donna con cui viveva s'interessava molto ai paesaggi di Menini, come se fossero l'unica cosa che la rasserenasse un po'. Era un periodo per lei molto grigio, durante il quale piangeva spesso. Un'azione legale contro suo marito miliardario delle piastrelle non aveva dato alcun esito, e l'affidamento di suo figlio piccolo le era stato negato.

La donna restava spesso immobile a guardare un paesaggio di Menini, senza badare a nessuno, seduta su una sedia. Sembrava che quello fosse il suo modo per calmarsi e non pensare più alle sue disgrazie, all'odio che aveva verso il marito miliardario delle piastrelle. Evidentemente la nitidezza di quei paesaggi era benefica, almeno per lei.

Qualche tempo prima l'industriale aveva comprato un vasto terreno, che era un fondo agricolo abbandonato, ad una quarantina di chilometri dalla lunga strada in direzione del mare. E un giorno gli era venuta l'idea di costruirvi una grande villa con parco annesso, e di installare nel parco delle turbine per la produzione di venti. Tali turbine avrebbero dovuto spazzare l'aria, rendendo le cose esterne sempre nitide e immobili, non più traballanti.

Nella tenuta della grande villa che aveva in animo di costruire, pensava anche di impiantare un bosco di castagni canadesi e di popolarlo di orsetti lavatori. Voleva inoltre creare dei corsi d'acqua che circolassero a meandri, tra erbe e canneti. I venti prodotti dalle turbine avrebbero increspato le acque e mosso le erbe con fresca brezza, dando rilievo per contrasto all'immobilità tranquilla delle altre cose attorno.

Tutto ciò avrebbe prodotto l'effetto di vivere in un paesaggio di Menini. E lì forse la donna con cui lui abitava, e che amava molto, avrebbe trovato pace.

Quando l'industriale aveva proposto il progetto a Menini, questi gli aveva fatto una sola obiezione: che se le turbine fossero state abbastanza potenti da spazzare l'aria come venti di libeccio, dando così l'impressione di vivere in un altro mondo, avrebbero però prodotto un tremore che non era da meno di quello della lunga strada.

Alla fine il fantastico progetto dell'industriale delle scale a chiocciola era andato a monte. Un giorno inaspettatamente la sua compagna era tornata a vivere con il marito miliardario delle piastrelle, per nessun sensato motivo che lui riuscisse a comprendere. Negli ultimi tempi la donna era indifferente a tutto, e si capiva bene che non gliene importava niente del paradiso artificiale che lui andava progettando.

In quel vasto terreno dove avrebbe voluto andare a vivere con la donna che amava, adesso l'industriale aveva fatto posare due miliardi di pioppi, alberi che crescono in fretta e permettono notevoli guadagni.

A Luciano ha confessato di sentirsi molto solo nella sua grande villa californiana, la quale peraltro assomigliava pochissimo alle vere ville californiane. Pochi giorni dopo è partito per un viaggio in Patagonia, dove sperava di vendere le sue scale a chiocciola.

L'estate scorsa io e Luciano Capelli abbiamo voluto visitare il luogo in cui Emanuele Menini era stato trovato morto. Abbiamo visto la cabina telefonica da cui aveva parlato, e la palazzina in cui deve aver notato qualcosa che lo interessava per le sue ricerche, a circa trecento metri dalla lunga strada.

È una palazzina in stile geometrile, isolata in mezzo ai campi, che non si scorge bene dalla strada. Per vederla bisogna inoltrarsi in un viottolo e fermarsi davanti ad una siepe dove fioriscono le rose canine. Di lì al mare ci saranno forse venti chilometri, ma quella campagna non annuncia in alcun modo l'affollamento delle aree balneari: è tutta vuota, vi si coltivano pomodori, e più avanti in mezzo ad un campo di grano sorge una solitaria torretta dell'elettricità.

La palazzina ha un tetto formato da quattro spicchi triangolari, e facciata quadrata con quattro finestre chiuse da tapparelle di plastica grigia, che spiccano sul color indaco dei muri. Guardandola da un centinaio di metri appare molto tranquilla in mezzo ai campi, con la fioritura d'una antenna televisiva sul tetto. Vasi di fiori disposti accanto all'ingresso, un muretto di cinta da cui spunta una siepe di lauro ornamentale, due piccoli cipressi d'Arizona ai lati della porta, completano la sua bella presenza in quel luogo appartato.

La palazzina era misteriosa; da sola componeva un mondo d'immagini tutto diverso da quello della via Emilia, che passa lì accanto. L'aria era pulita, l'ombra pomeridiana cadeva esattamente tra i due piccoli cipressi che inquadrano la porta, richiamando l'effetto d'un luogo perennemente indisturbato che danno i viali dei cimiteri.

I LETTORI DI LIBRI SONO SEMPRE PIÙ FALSI

Uno studente di letteratura venuto a Milano per seguire i corsi di letteratura all'università, ha cercato a lungo di comprendere cosa vogliano dire i libri, e cosa vogliano dire i professori che parlano di libri e di letteratura.

Appena sbarcato all'università aveva subito cominciato a sentirsi a disagio, perché tutti i discorsi che ascoltava durante le lezioni erano per lui incomprensibili. Inoltre si vergognava di provenire da un istituto tecnico-professionale, i cui studenti sono considerati inferiori a quelli che provengono dal liceo; e così spesso il nostro studente arrossiva.

A volte, non capendo neanche un decimo delle frasi d'un suo insegnante, arrossiva fino alle orecchie e doveva fuggire dall'aula. Cercava dovunque un libro che potesse spiegargli di cosa parlano i libri e i professori.

Un giorno ha conosciuto quattro studenti napoletani e si è accorto che questi, grazie alla loro lunga esperienza di studenti falliti e fuori corso, erano giunti a farsi qualche idea su cosa succede nelle aule universitarie. Il nostro studente non era ancora riuscito a trovare un libro che gli spiegasse di cosa parlano i libri e i professori, e dunque s'è rivolto ai quattro napoletani, i quali ben volentieri hanno accettato di spiegargli le idee che loro s'erano fatte in materia.

Gli hanno detto che nelle aule universitarie ogni insegnante non fa che vantarsi d'aver capito benissimo i libri che ha letto, e che gli studenti debbono solo imparare a far la stessa cosa.

Il nostro studente ha cominciato allora ad osservare attentamente tutti i professori, e alla fine la spiegazione gli è parsa convincente. S'è dato quindi a cercar di imparare i discorsi e gli atteggiamenti dei suoi insegnanti, in modo da potersi anche lui vantare d'aver capito benissimo i libri in programma, e così sostenere qualche esame.

Sulle prime la cosa gli è parsa un po' difficile, per via di tutti i libri in programma che avrebbe dovuto leggere; ma poi i quattro studenti napoletani sono venuti in suo soccorso spiegandogli come si fa. Gli hanno spiegato che da un libro bastava ricavare poche frasi di rilievo, in modo da poter opporre un'idea ad un'altra idea, e così mostrare di aver capito tutto. Anzi, secondo loro le frasi di rilievo non bisognava neanche ricavarle dal libro, bensì dall'introduzione che spiega di cosa parla quel libro, e questo era il metodo migliore.

Mettendo in pratica questi consigli, lo studente di letteratura è effettivamente riuscito a superare alcuni esami con buoni voti. A questo punto però gli è sorto un dubbio, sul quale ha rimuginato alcuni mesi, con la testa confusa. Il dubbio era questo: mentre per lui era ormai molto chiaro che i professori non parlano per vantare quello che c'è scritto nei libri, bensì soltanto per vantare se stessi di averlo capito, per lo stesso motivo non gli era affatto chiaro cosa ci fosse scritto nei libri, e dunque di cosa parlasse egli stesso quando ad un esame si vantava di averli capiti.

Bloccato da questo dubbio vagava per le strade pensandoci su, e senza più pensare agli esami che avrebbe dovuto sostenere. Finché un giorno ha trovato il coraggio di esporre ai quattro napoletani il suo problema, con queste parole: "Insomma, se i professori non fanno che parlare di quello che loro hanno capito, di cosa parlano i libri?"

I quattro gli hanno allegramente risposto di non saperne

nulla, e la stessa cosa gli hanno risposto tutti gli altri studenti a cui ha sottoposto il problema, nonché due assistenti universitari piuttosto allibiti davanti ad una simile domanda. La domanda però gli sembrava plausibile, e allora il nostro studente ha ricominciato a vergognarsi e arrossire, non solo perché non capiva, ma perché gli altri deridevano i suoi sforzi per capire.

La sua situazione di studente diventava sempre più insostenibile. Con tali dubbi in testa e vedendo che per gli altri tutto ciò non aveva senso, s'è quindi risolto ad abbandonare l'università ed a troncare ogni rapporto con le compagnie di studenti assieme a cui viveva, per i quali i libri erano soltanto qualcosa che bisognava fingere di aver capito, fingendo di aver capito cosa avevano capito i professori, onde sostenere gli esami.

Ha deciso di cercare un posto dove potersi dare alla lettura di moltissimi libri per conto suo (senza dover ascoltare le vanterie dei professori), in modo da riuscire finalmente ad appurare di cosa parlassero e cosa volessero dire.

La lunga strada che porta alle periferie d'una metropoli è spesso deprimente, ma quasi sempre facile da percorrere: gli autobus partono tutti i momenti. Prendendo uno di quegli autobus, il nostro studente di letteratura è riuscito a trovare un alloggio poco costoso, in un quartiere agli estremi limiti del mondo abitato. Qui s'è messo subito a leggere molti libri che aveva raccolto, per cercar di comprendere cosa volessero dire e così trovare la sua strada nella vita.

Il minuscolo appartamento in cui s'è installato era da lui condiviso con una giovane donna senza professione, che come lui aveva pochi soldi da spendere. Anche questa donna aveva percorso la lunga strada delle periferie, dopo aver abbandonato il marito e insieme la professione di moglie, l'unica che avesse.

Quel lontano quartiere appariva spopolato, senza negozi, con cani che vagavano per le strade e pochissime macchine in circolazione. Per terra c'era sempre una fanghiglia rossastra e nell'aria una specie di polverone vagante, come se il vento portasse fin lì la sabbia del deserto. Ma ciò dipendeva soltanto dagli scavi per estendere le tubature dell'acqua e del gas alle distese di nuovi palazzi che stavano sorgendo.

Dalle loro finestre i due vedevano soltanto le finestre d'altri palazzi simili a quello in cui abitavano, oppure carcasse d'auto ridotte ad una poltiglia arrugginita, in un vasto terreno conteso tra residuati metallici ed eserciti di erbe infestanti. Ma nei giorni di nebbia finalmente non vedevano più niente, spariva tutto fino all'orizzonte, e allora i due capivano solo d'esser lì, abitanti d'un grande palazzo, nel vasto mondo in cui anche loro erano comparsi come i lombrichi nella terra.

La casa sempre in disordine, uno disteso sul divano del soggiorno a leggere libri dalla mattina alla sera, l'altra seduta nel cucinotto a masticare chewing-gum sfogliando pile di giornali illustrati: ecco come lo studente di letteratura e la giovane donna senza professione trascorrevano gran parte delle loro giornate, fino all'ora di cena. Non uscivano quasi mai perché avevano pochi soldi da spendere, ma ogni tanto ascoltavano i rumori del mondo esterno, accorgendosi che fuori pioveva, che era finita l'estate, che c'era la nebbia, che era autunno inoltrato.

Alla sera andavano a letto presto, dormivano molto e facevano lunghissimi sogni. Per entrambi dormire era così facile, la cosa più facile del mondo.

Certe sere lo studente si presentava borbottando in camera della giovane donna, spinto dal giovanile ardore di montarla. E lei lo accoglieva nel proprio letto oppure no, secondo le propensioni del giorno.

Nei grigi pomeriggi autunnali, la giovane donna a volte si stancava di sfogliare giornali illustrati e masticare chewing-gum da sola in cucina, e andava a sedersi nel soggiorno per guardare lo studente che leggeva libri. Quell'attività di leggere libri la incuriosiva, anche perché lei non riusciva mai a leggere una pagina fitta di parole senza stancarsi, rimaneva sempre confusa davanti a quelle linee stampate tutte uguali, che le davano un'impressione di noia e la scoraggiavano dalla lettura.

Quando andava nel soggiorno per guardare lo studente che leggeva libri, restava a lungo seduta in silenzio, ma alla fine le veniva sempre la curiosità di sapere: "C'è gusto a leggere tanto?" Allora lui deponeva il libro che stava leggendo, e cominciava a parlarle di romanzi e romanzieri famosi, di poeti e drammaturghi, e anche di qualche pensatore le cui idee facevano subito appisolare la sua ascoltatrice.

Ogni giorno lei scorreva le offerte di lavoro sul giornale, sottolineando quelle più interessanti e riproponendosi di telefonare l'indomani per sapere più precisamente di cosa si trattava. Ma dopo cena dimenticava tutto, anche le offerte di lavoro, andava a letto presto e faceva lunghissimi sogni.

È venuto però il momento in cui i due compagni d'alloggio non avevano quasi più soldi, dovevano decidersi a guadagnarne. La giovane donna andava avanti con il magro prestito d'una sorella che abitava a Codogno, e lo studente ormai da troppo tempo viveva con i resti d'una borsa di studio, in attesa di trovare la sua strada nella vita.

Lo studente ha pensato che la cosa migliore per lui fosse di andare a vendere libri, così avrebbe potuto continuare a leggerne molti. Forse avrebbe anche potuto parlare delle sue letture con i clienti, e ricevere consigli da chi avesse letto più di lui; questa era la sua viva speranza.

Un uomo baffuto di mezz'età li ha ricevuti nell'agenzia di vendite rateali d'una grande casa editrice, ed ha spiegato che si trattava di vendere libri a rate di casa in casa, soprattutto enciclopedie. L'uomo baffuto s'è subito rivelato il direttore dell'agenzia, un ingegnere che s'era dato a vendere libri perché quel mestiere gli permetteva di guadagnare molti soldi, come lui stesso ha ammesso molto francamente.

"Io ho un metodo di vendita sicuro, e su questo non ci sono dubbi," ha detto l'uomo baffuto, "però bisogna vedere se uno ha le qualità per capirlo. Comunque, vi porto subito in giro perché vediate come si fa, e poi decideremo."

È una giornata ventosa, pioviggina. Sulla grande automobile dell'ingegnere, lo studente e la giovane donna vanno in giro per quartieri periferici che non sapevano nemmeno esistessero, quartieri di palazzoni che sorgono in mezzo a brulle campagne, o quartieri che sembrano distese infinite di scritte pubblicitarie, oppure zone attraversate da maree di automezzi che defluiscono verso qualche autostrada. Hanno con sé liste di possibili clienti fornite dall'ufficio vendite della grande casa editrice, e le sfogliano guardando dai finestrini, chiedendosi dove sono e cosa succederà.

Per tutto il giorno succedono sempre le stesse cose. Vanno a suonare il campanello d'un possibile acquirente, in uno di quei grandi palazzi, e si presentano a gente sconosciuta dicendo che stanno facendo un'inchiesta di mercato: vorrebbero intervistare qualcuno della famiglia per sapere quali siano le sue letture preferite, cosa amerebbe leggere ecc.

L'ingegnere ha già spiegato ai due allievi che questa fase d'approccio con il cliente non deve durare più di tre minuti, a partire dal momento in cui si suona il campanello. In tre minuti il venditore deve riuscire a farsi invitare in casa, mettersi a sedere comodamente, fare l'intervista scrivendo le risposte su un apposito modulo, e subito proporre all'intervistato l'acquisto d'una enciclopedia o d'una serie di volumi molto costosi, redigendo già il contratto d'acquisto mentre spiega il sistema delle rate mensili.

I due allievi guardano l'ingegnere muoversi sempre a proprio agio, nelle case di quegli sconosciuti dove vanno a suonare il campanello. E guardano quegli sconosciuti che sono disorientati a casa loro, nei loro salotti, tra i loro mobili e soprammobili, mentre vengono persuasi ad acquistare libri costosissimi di cui non hanno mai sentito parlare, e che non li interessano.

Se gli sconosciuti però scuotono il capo per dire che la cosa non li interessa, l'ingegnere cita subito le loro risposte scritte nel modulo, mostrando che si stanno contraddicendo.

Se gli sconosciuti poi fanno obiezioni più sostanziali, come ad esempio: "No, non compro libri, ho ben altro a cui pensare," l'ingegnere risponde loro in modo brusco e senza guardarli in faccia, mostrando chiaramente che gli stanno facendo perdere del tempo prezioso. E interrompe sistematicamente ogni loro obiezione, citando tutta la lista dei motivi validi per l'acquisto dei libri.

I due allievi capiscono che l'abilità dell'ingegnere consiste nel rispondere a colpo sicuro a tutte le obiezioni, con la citazione dei motivi d'acquisto, e quindi nell'esaurire in fretta le obiezioni (questa fase non deve superare i sei minuti), offrendo immediatamente al cliente la penna per firmare il contratto.

Come l'ingegnere ha già spiegato ai due allievi, il venditore deve sempre andarsi a sedere alla destra del cliente, così che il gesto di mettergli la penna nella mano destra appaia più semplice, e la firma del contratto risulti come l'esito d'una dinamica naturale. E questa è una mossa di grande destrezza, che ogni volta sorprende i due allievi.

Trovandosi con la penna in pugno e senza riuscire a farsi venire in mente altre obiezioni, il cliente abbassa il pugno e firma il contratto, che gli viene immediatamente strappato di mano dall'ingegnere già in piedi e pronto ad avviarsi verso la porta. Mentre l'ingegnere si avvia, a volte lo sconosciuto si pente d'aver firmato e lo richiama per ridiscutere la cosa. Senza voltarsi l'ingegnere risponde che dovrà vedersela con gli avvocati della sua casa editrice, perché un contratto è un contratto e va rispettato.

Altre volte sulla porta succede che lo sconosciuto voglia informarsi sui libri che ha acquistato. Allora l'ingegnere risponde con tono secco di non saperne niente, perché i libri lui li vende, non li legge mica.

Prima di mandarli a vender libri in qualche periferia sperduta, l'ingegnere ha fornito ai due allievi una serie di istruzioni molto precise, circa lo spirito del suo metodo. In particolare ha detto: "Mai dare confidenza al cliente. Il cliente bisogna sempre tenerlo un po' in soggezione, un po' intimidito, così lui compra in fretta per togliersi dall'imbarazzo. Invece se lo trattate bene, lui si crede furbo e non compra più niente. State attenti, questa è la legge del mondo!"

Immaginiamo adesso lo studente di letteratura e la giovane donna inviati in missione di vendita. Lo studente si presenta nelle case degli sconosciuti con parlantina spigliata e stile da uomo senza scrupoli, a imitazione dell'ingegnere. La giovane donna gli fa da assistente, porgendogli il modulo dell'intervista, il contratto e la penna al momento giusto.

Quando è il momento di smontare le obiezioni degli sconosciuti, lo studente si attiene allo spirito del metodo. E lo spirito del metodo dice che alle obiezioni dei clienti bisogna sempre rispondere con frasi che non c'entrano niente con quelle obiezioni, ma che intanto suggeriscono un motivo valido per comprare. Solo così ad un certo punto il cliente perderà il filo dei suoi pensieri, e nessuna obiezione gli verrà più in mente.

Però, se smontare le obiezioni è abbastanza facile, far poi giungere la penna nella mano destra del cliente in modo così naturale che egli firmi il contratto senza quasi accorgersene, è una mossa di grande destrezza piuttosto difficile da prender su.

Per questo motivo, dopo sei giorni di duro lavoro, durante i quali hanno girato per quartieri deprimenti dalla mattina alla sera, sempre tentando quella mossa della penna senza mai azzeccarla, i due non sono ancora riusciti a vendere un libro.

L'ingegnere li ha convocati e chiede loro: "Ditemi un po', cosa c'è che non va in voi due? Siete disturbati di mente? Bevete? Oppure siete gente che legge libri?"

Lo studente ammette a testa bassa d'esser uno che legge libri, e molti. Al che l'ingegnere scoppia ad urlare, furibondo: "Ecco perché non vendete niente, Cristo! I clienti vi fiutano!"

Poi si calma, ed espone ai due allievi com'è la realtà dei fatti: "Un cliente compra perché è a disagio o intimidito, insomma messo in dispari, e solo per quello. Ma se fiuta che il venditore è uno che legge libri, gli vengono dei sospetti. Gli viene il sospetto che i libri bisogna anche leggerli, oltre che comprarli. E allora non compra più niente, è un cliente rovinato per tutta la vita!"

L'ingegnere aggiunge, con tono preoccupato: "Perché i clienti fiutano, Cristo se fiutano! Ecco perché un buon venditore non deve mai leggere libri, per non farsi fiutare e così mettere in sospetto il cliente."

Lo studente di letteratura non ha afferrato bene questo concetto, ma non vi ha dato troppo peso per non doversi sforzare a capire cose che non gli interessano; in fondo a lui interessa leggere libri, non gli interessa mica se i clienti lo fiutano.

Passano però altri giorni durante i quali la penna per firmare il contratto non riesce mai a giungere nella mano destra del cliente con l'auspicata naturalezza, anche perché il cliente protesta vivacemente quando gli viene ficcata in mano di forza, e a volte sbatte fuori di casa i due intrusi, che si ritrovano per strada avviliti e frastornati.

L'ingegnere li ha convocati di nuovo per rivolgere loro un ultimatum: "Ascoltatemi bene, voi due, e per l'ultima volta, perché io non ho tempo da perdere. Voi dovete chiedervi questo: cos'è un libro? Un libro è carta stampata da vendere, prima d'esser una roba che si legge. Questa è la concretezza della cosa in sé. Se capite questo, avrete in mano una chiave del pensiero e potrete liberarvi di tutte le illusioni dei libri."

L'ingegnere continua: "E notate che il cliente la pensa anche lui così. Anche lui vuole solo la concretezza della cosa in sé, non le illusioni delle parole. Ma solo dopo che voi vi sarete trasformati, diventando come lui, lui potrà considerarvi suoi simili. Perché finalmente non fiuterà più l'odore delle illusioni che riempiono la testa dei lettori di libri. Accettate voi di cambiare? Avete dieci giorni di tempo per dimostrarlo."

Lo studente ha borbottato in fretta che accettava di cambiare, ma solo perché era talmente perplesso che non sapeva cosa stava dicendo. D'altra parte, andare in giro sei giorni alla settimana in zone sconosciute del mondo, man-

71

giando panini nei bar e ritrovandosi a casa solo a sera inoltrata, stanchi e instupiditi: non è questo già un gran cambiamento di vita? E quando mai resta il tempo per pensare ai libri da leggere?

Arriva però la domenica. In casa da solo tutto il giorno, allo studente viene naturale di prender in mano un romanzo e poi leggerlo fino a sera, perdendosi nelle illusioni e fantasticherie di cui parlano i libri.

Alla sera la giovane donna torna da una visita alla sorella che abita a Codogno, e trova il suo compagno d'alloggio sprofondato nella lettura. Gli dice: "Ma perché non smetti davvero di leggere libri, come ha detto l'ingegnere?"

Risponde lo studente: "È tutta una roba da pazzi, la teoria d'un matto, e tu ci credi?"

Spiega la giovane donna: "Ma noi dobbiamo guadagnare soldi, non abbiamo scelta."

E lo studente sbattendo il libro per terra le urla, molto seccato: "È comodo per te che leggi solo giornali illustrati venirmi a far la predica sui libri. Perché non ci vai tu da sola a vendere le enciclopedie? Ignorante come sei, te di sicuro i clienti non ti fiutano!"

La giovane donna ha pensato che lo studente non avesse tutti i torti. Dato che i libri non li aveva mai letti, se si fosse presentata da sola non sarebbe stata fiutata dai clienti.

Così è tornata ad essere una donna con una professione: si è tagliata i capelli, corti con frangia; ha riadattato una vecchia gonna, accorciandola sopra il ginocchio; s'è messa il rossetto e i tacchi alti (era un po' bassa di statura); e una mattina è uscita da sola a vendere libri di casa in casa per quartieri periferici. Eccola là, che aspetta un autobus assieme ad altra gente, nell'aperto giorno.

Due settimane dopo. Una sera lo studente è tornato a casa con la faccia livida, perché neppure quel giorno ha venduto niente. La donna ha preparato la cena e i due si sono seduti a tavola. Lo studente chiede: "E tu, cos'hai combinato oggi?" Lei risponde: "Anche oggi due enciclopedie."

Dopo cena lo studente resta in piedi a fissare il muro e parla tra sé: "Anch'io vorrei essere accettato dai clienti come un loro simile. Mi piacerebbe cambiare, trasformarmi davvero, ma non ci riesco. Mi vergogno tanto."

La donna dice: "Se vuoi, ti aiuto." Lui chiede: "Ma come?" Lei ci pensa e risponde: "Potrei stare attenta che non cadi in tentazione."

Siamo al mese di novembre, e gli affari della giovane donna andavano a gonfie vele. L'ingegnere adesso era molto soddisfatto di quei due, che s'erano davvero trasformati. Lui non sapeva che andavano a lavorare separatamente, ogni sera arrivavano sul suo tavolo due o tre contratti, ed è quello che conta. Intanto lo studente non vendeva mai niente e campava alle spalle della giovane donna.

Al rientro dal lavoro lei lo sorvegliava in silenzio per capire se lui pensasse ancora ai libri da leggere. Lo seguiva da una camera all'altra, affinché non cadesse nella tentazione di prendere un libro in mano. Ogni tanto cercava di capire cosa lui avesse in mente, dicendogli all'improvviso: "Confessa che ci pensi ancora ai libri da leggere!"

Quasi sempre lui si rintanava nel mutismo, ma altre volte arrossendo confessava: "Sì, è vero, ci penso ancora." Allora lei gli dava dei consigli: "Perché non provi a sfogliare i miei giornali illustrati, quando ti viene la tentazione?"

Alla domenica lei andava a Codogno da sua sorella per fare una passeggiata nelle campagne, e doveva portarlo con sé, altrimenti lui da solo in casa si sarebbe di sicuro messo a leggere un libro. Ma allo studente queste passeggiate piacevano poco, si annoiava quando lei gli faceva notare gli odori della campagna, e soprattutto non sopportava sua sorella che parlava solo dei figli e degli acquisti per la casa. In conclusione, quelle scampagnate domenicali lo innervosivano ancora di più dei giorni di lavoro.

E nei giorni di lavoro, da quando non poteva più leggere libri e neanche pensare a cosa volessero dire, lo studente era sempre molto agitato. Era in uno stato di disperazione da cui niente lo sollevava, tranne l'idea di poter montare una donna.

Dunque ogni notte la giovane donna lo accoglieva nel proprio letto. E lì prima d'addormentarsi, lui si metteva a parlarle d'uno strano pensiero che sempre l'assillava: "Sono proprio io che faccio questa vita? A me sembra di no, perché è troppo stupida. Cioè, mi sembra che non sono io ma un altro che io guardo da fuori, e so tutto di lui, e mi vergogno per lui. Ma se quest'altro lo vedo da fuori, dove sono io? Sono qualcosa o non sono niente?"

Oltre a ciò ogni notte adesso si svegliava con l'insonnia (è finita l'epoca in cui dormire era così facile), e doveva andare in cucina a guardare un muro, in attesa che gli tornasse il sonno.

Allora si alzava anche la giovane donna, per sorvegliare che lui non si mettesse a leggere un libro di nascosto. E trovandolo seduto con la testa tra le mani, che si lamentava, le veniva compassione per lui. Gli portava qualche giornale illustrato da sfogliare, e gli offriva una striscia di chewing-gum da masticare, per distrarlo dai suoi pensieri e dalle tentazioni.

Nonostante tutte le preoccupazioni della sua compagna d'alloggio, in effetti lo studente le tentazioni andava anche a cercarsele. Ad esempio si fermava a guardare ogni vetrina di libreria che trovava sul suo cammino.

Una mattina davanti ad una libreria ha incontrato un assistente universitario, con cui s'era intrattenuto qualche volta a parlare. L'altro l'ha invitato ad una conferenza che si sarebbe tenuta in un teatro del centro cittadino, dove ci sarebbero stati critici e scrittori famosi, e lo studente ha accettato l'invito.

Quand'è venuta la domenica s'è finto malato, per non accompagnare la giovane donna a Codogno. Nel pomeriggio ha preso un autobus e s'è recato in un vecchio teatro, pieno di centinaia e centinaia di lettori di libri. Qui stava parlando un critico famoso dall'aria molto distinta e molto giovanile, e subito dopo ha preso la parola un altro critico famoso con l'aria più matura, chiamato da tutti Aborgast (nome d'un personaggio in un film di Alfred Hitchcock, al quale non assomigliava affatto).

Lo studente di letteratura ha ascoltato quei discorsi col cuore che gli batteva forte, anche perché non ci capiva molto. Ma quando il pubblico è stato invitato a porre domande, lui ha alzato la mano ed ha trovato la forza di rivolgersi al critico chiamato Aborgast, per interrogarlo sui suoi gusti letterari.

Aborgast ha così risposto: "I miei gusti letterari? Io voglio che un libro non sia lagnoso. Se un autore è disperato, che s'impicchi. Io leggo due o tre pagine, e quando le trovo lagnose o disperate stronco il libro. Non c'è niente di meglio d'una buona stroncatura, per avvertire un autore che si sta mettendo sulla cattiva strada."

Sconcertato da questo discorso e vergognandosi molto, lo studente ha però trovato il coraggio per porre un'altra domanda che gli stava a cuore da molto tempo, su cosa i libri vogliano dire. Ma ciò ha soltanto infastidito Aborgast, che ha interrotto la discussione dicendo: "Queste cose se le chiede solo chi non capisce niente di letteratura. Se in un libro io trovo questa domanda, stronco il suo autore per tutta la vita."

Più depresso che mai lo studente è tornato a casa arrossendo fino alle orecchie e traballando dalla vergogna, perché le risposte di quel critico famoso l'avevano fatto sentire stupido e ignorantissimo. E appena a casa s'è subito messo a leggere un libro, in attesa che la sua compagna tornasse da Codogno.

L'indomani ha cominciato a leggere libri di nascosto appena poteva, soprattutto durante gli spostamenti in autobus o in metropolitana. Giungendo davanti ad un palazzo dove doveva intervistare un cliente per convincerlo a comprare un'enciclopedia, ogni volta gli passava la voglia e andava a cercare un bar dove poter continuare le sue letture. Al termine del suo supposto lavoro, certe sere si fermava in una latteria sotto casa per finire un romanzo iniziato al mattino, che poi gettava in un bidone della spazzatura prima di rientrare.

Ma ormai non ne aveva più voglia di andare in giro per

quartieri deprimenti, senza scopo, leggendo romanzetti comprati nelle edicole delle stazioni. Di fare il venditore di libri a rate proprio non se la sentiva più. Gli sarebbe piaciuto scrivere, diventare anche lui un critico, e pubblicare libri che altri poi sarebbero andati a vendere con successo.

Così ha smesso del tutto di andare in quei quartieri deprimenti, e adesso vagava soltanto e vagando sognava.

Una notte è stato preso dalla smania di montare più volte la giovane donna. Quando finalmente si è sentito soddisfatto, dalla bocca gli sono uscite le seguenti frasi: "Che bello sarebbe adesso poter leggere un romanzo fino all'alba. Poi farsi una doccia, mettersi alla macchina da scrivere, e scrivere un articolo che spieghi cosa vuol dire quel libro. Ho capito che questa è la mia strada nella vita."

Tali fantasie sono apparse alquanto bizzarre alla giovane donna, che s'è messa a ridere. Lui s'è offeso ed è tornato in camera sua sbattendo la porta. L'indomani ha ripreso a leggere libri apertamente.

Ormai stava per venire l'inverno, e lo studente restava tutto il giorno per le vie del centro cittadino, entrando in ogni libreria e progettando colossali acquisti di libri d'ogni tipo. Gli bruciavano ancora le risposte di quel critico famoso, che l'aveva fatto sentire stupido e ignorantissimo, e meditava forme di rivalsa.

È andato dall'ingegnere a dirgli che si licenziava e che il suo metodo era tutto un imbroglio. Per poco l'ingegnere baffuto non lo prendeva a calci.

Qualcuno pensa che le ambizioni siano pregiudizi che cercano di diventar sostanza, attraverso i nostri spasimi. E in quel momento gli spasimi dello studente erano molti, perché lui ambiva congedarsi dall'altro che faceva una vita stupida e ridicola, l'altro che lui guardava da fuori e di cui si vergognava, il quale certamente non era lui ma un altro, un poveraccio, chissà chi.

Dopo esser stato cacciato via dall'ingegnere con molti insulti, appena s'è ritrovato per strada ha capito che non se la sentiva più di condividere l'appartamento con quella piccola donna tanto sicura di sé, la quale non capiva niente delle sue ambizioni.

Se n'è andato ad abitare con una ragazza che sulle prime s'era presentata a lui come una grande lettrice di romanzi, appassionata di tutte le letterature, ma che poi si rivelava nient'altro che una mentitrice: una che aveva letto qualche libro per obbligo quando andava a scuola, e dopo non era più riuscita a leggerne altri perché (come ha confessato) qualsiasi libro le faceva venire un profondo sonno istantaneo.

La scoperta ha molto deluso il nostro studente di letteratura. Ma siccome s'era già installato in casa della mentitrice, e l'inverno era rigido e quella casa confortevole, dunque ha pensato fosse il caso di restarci.

Nel mese di maggio l'ingegnere guardava la giovane donna con occhi da uomo affascinato. Non solo costei ogni giorno gli portava dei buoni contratti, ma sapeva anche occuparsi dell'organizzazione dell'agenzia, e inoltre aveva trovato il modo di rinnovare e ampliare le liste di possibili clienti. Perché tale lavoro era stato molto apprezzato da un dirigente della grande casa editrice, alla donna è stato offerto un posto nell'ufficio di direzione commerciale.

Smetteva dunque di lavorare alle dipendenze dell'ingegnere baffuto, ed una sera di maggio l'ingegnere l'ha invitata a cena per prendere da lei congedo.

Appena seduto al tavolo d'una trattoria di campagna, nei pressi del fiume Ticino, l'ingegnere s'è accorto che lo sguardo di quella giovane donna lo affascinava, al punto da renderlo balbettante.

Qualcuno ad un tavolo accanto stava raccontando che il mese prima era arrivato lì un cadavere tutto disfatto, approdato sotto il pontile di cemento, e che si trattava d'un signore a cui era venuto l'infarto andando a pesca. Questa conversazione poco allegra ha spinto il maturo ingegnere a tentar la sua sorte, pensando a quel signore putrefatto che non poteva farlo più.

S'è dato dunque a corteggiare la donna dal bellissimo sguardo, e l'ha fatto per tutta la sera, alla fine chiedendole di fuggire con lui.

"Fuggire dove?" ha chiesto ridendo la donna.

"La porto a vedere Bangkok, Singapore, Bali," ha proposto l'uomo, "non le andrebbe di fare un bel viaggio?"

"No. Preferisco andare a Codogno da mia sorella," ha risposto la donna, serenamente aggiungendo: "Lei con me non ha nessuna speranza, glielo dico subito."

Ha l'ingegnere ben soppesato queste risposte, durante la sera e nei giorni che seguono? Questo non si sa. Ma il fatto è che adesso il sole del suo desiderio si alza presto al mattino e declina solo a notte inoltrata, illuminando i suoi occhi con piccoli bagliori strambi.

L'uomo baffuto è inquieto, trascura gli affari, ed infine si reca in una agenzia turistica ad acquistare i biglietti per un viaggio a Bangkok, Singapore, Bali. Li spedisce alla giovane donna e li riceve indietro a stretto giro di posta, con un piccolo messaggio: "Io preferisco andare a Codogno."

A questo punto forse si possono immaginare i pensieri che vengono in mente all'uomo baffuto. Pensa a quella donna giunta sei mesi fa nella sua agenzia, goffa e disarmata lettrice di libri (come quel suo triste socio, lo studente), e poi trasformatasi in una magnifica venditrice che nessun cliente fiuta più. Però in quella donna c'è anche qualcos'altro, che l'ingegnere non afferra e che lo tiene in sospeso: soprattutto nel bellissimo sguardo.

Una sera va a suonare il suo campanello, dopo cena, perché gli è venuto il bisogno di parlarle. Appena la giovane donna apre la porta, subito lui le confessa l'ammirazione che nutre per il suo bellissimo sguardo, dal quale lui crede di capire qualcosa che lei porta dentro di sé.

"Questo dipende dal fatto che ho lo sguardo distorto," spiega la donna, "perché sono un po' strabica."

"Fa niente," esclama l'uomo come fuori di sé, "io ho l'ulcera!"

E si lancia su di lei per un amplesso, ma già lei fugge tra

le ombre del corridoio. Inseguendola l'ingegnere giunge fino al soggiorno, dove s'arresta con gli occhi spalancati, come chi è molto sorpreso.

Gli scaffali d'una libreria sono ricolmi di libri, e sul tavolo e sulle sedie altri libri sparsi, come tenuti a portata di mano. Sul bracciolo d'una poltrona, sotto un paralume, un grosso volume è aperto con un segnalibro.

L'ingegnere prende in mano quel libro, e constata trattarsi d'un celebre romanzo francese. È un titolo nel catalogo di un'altra casa editrice, riservato a venditori che trattano con gente che legge davvero, e che lui disprezza perché riescono a rimediare solo contratti da quattro soldi.

L'ingegnere commenta: "Libro per gente fine, per gente che legge i libri davvero e poi si dà vanto. Lei lo stava leggendo, vero?"

La donna fa cenno di sì e l'uomo prosegue: "Dunque lei non ha mai smesso di leggere libri. Non s'è trasformata, come mi ha fatto credere. S'è fatta beffe di me e del mio metodo, a quanto pare."

La donna dichiara che lei non ha mai letto un libro intero in vita sua; ma da quando il suo compagno se n'è andato, le è venuta la curiosità di sapere cosa l'appassionasse tanto nei libri. Quei libri li ha comprati, ma non riesce a leggerli.

L'ingegnere ondeggia in mezzo alla stanza, facendo gesti di tristezza: "Pietosa menzogna! Lei non mi vuole offendere e la ringrazio, la ringrazio di cuore. Ma capisco anche che lei non vuol saperne di me perché io non leggo i vostri libri."

Rimane pensoso un attimo e prosegue: "Sì, io non leggo i vostri libri e non ho la testa piena di tutto quello che voi trovate nei libri, illusioni e solo illusioni. Io dentro di me ho altre cose, forse più sane."

Abbassa la voce e mormora: "Lei non potrà mai prendermi per un suo simile, come fanno i miei clienti. Tra me e i miei clienti ci riconosciamo con franchezza, e loro non mi fiutano. Ma voi lettori di libri fiutate tutti, perché quello che leggete v'illude e v'insuperbisce. Io sono semplice e rozzo rispetto a voi, me ne rendo conto."

La donna dice con voce stanchissima: "Ingegnere, vada a casa che io ho sonno."

Subito l'uomo si volta, si avvia verso la porta, scende le scale, sale in macchina, e infine si smarrisce a lungo in quel quartiere dove tutti i palazzi sono identici ed i lampioni sembrano lì solo per far venire la malinconia.

Nei lunghi mesi di solitudine la giovane donna aveva scoperto che, tutto sommato, i libri si può' anche riuscire a leggerli. Lei non avrebbe mai potuto leggere un libro intero, ma qualche pagina, forse qualche capitolo, sì.

Nelle vuote serate invernali, in quel palazzo completamente silenzioso, anche in lei era spuntata la tentazione di prendere un libro in mano e mettersi a leggerlo. A poco a poco aveva scoperto che le linee a stampa tutte uguali, che l'avevano sempre scoraggiata dal leggere per la loro noiosa uniformità, potevano farle venire in mente delle voci.

Così le parole dei libri hanno cominciato ad assumere toni vari, a ricordarle persone serie o scherzose che parlano con sottintesi e strani modi di dire; e le linee a stampa hanno cessato d'essere tutte uguali.

Alla fine dell'inverno però s'è accorta che le parole e le frasi lette in un libro, proprio perché le facevano venir in mente delle voci, la impressionavano come film di fantasmi.

Ascoltando tutte quelle allusioni e insinuazioni, su personaggi e luoghi e fatti e sentimenti, le veniva addosso una sensazione che non riusciva a controllare, e che la metteva all'erta su tutto. Erano come voci che spuntavano da una porta che si apriva sulle tenebre. Sola in casa, ascoltava ogni minimo rumore e spiava ogni ombra che le sembrasse un po' insolita, perché le parole d'un libro le avevano messo addosso la trepidazione.

Perciò non poteva mai procedere nelle sue letture; non perché un libro le sembrasse poco avvincente, ma al contrario perché le singole parole e frasi la avvincevano troppo, le suscitavano troppe domande, e non riusciva a staccarsene.

Dopo aver letto una pagina o due restava a lungo seduta nella poltrona del soggiorno, masticando chewing-gum, con il libro aperto sulle ginocchia, ma senza guardarlo. Cercava di controllare un influsso che le parole avevano su di lei, fatto di mille domande che si affollavano lì sulla pagina, a causa di quei sottintesi e ammiccamenti che emergevano come un richiamo.

Durante quei mesi aveva comprato molti libri, per riuscire a trovarne uno in cui le parole la impressionassero meno, permettendole di procedere nella lettura. Ma ciò non sembrava possibile: o metteva gli occhi su libri che le davano subito noia perché non provava alcuna trepidazione, oppure provava subito quella trepidazione che l'avvinceva ad ogni parola e frase e non le permetteva di andare avanti.

Questo è il punto a cui era giunta nella sua ricerca per stabilire cosa c'è di appassionante nei libri, quando all'inizio dell'estate vari avvenimenti sono venuti a disturbarla.

Un giorno l'ingegnere è andato ad aspettarla davanti al palazzo dove lei lavorava, si è avvicinato, e senza preamboli ha detto: "Ho letto quel libro che lei stava leggendo, e non m'è dispiaciuto, devo dire. Incontriamoci per parlarne, anche perché vorrei da lei consigli per altre letture. Vorrei leggere molto."

Lei gli ha risposto che non aveva mai letto un libro intero in vita sua e non aveva niente da dirgli.

Lui tentava di trattenerla, sussurrando: "Andiamo, signorina Virginia, getti la maschera con me una buona volta. Senta, io sono disposto a passare dalla vostra parte. Non mi interessa più che i miei clienti mi prendano per un loro simile, o che mi fiutino."

Con una corsa verso il viale vicino lei s'è sottratta ad altri discorsi, e per un pezzo non ha più avuto notizie dell'ingegnere. Finché all'inizio di luglio lo studente di letteratura non s'è rifatto vivo, cominciando a telefonarle molto spesso per raccontarle i fatti suoi.

Lo studente da qualche mese era tornato nella sua città d'origine, ad una settantina di chilometri da Milano. Aveva ereditato un po' di soldi, e adesso scriveva e leggeva e non faceva altro, come aveva a lungo desiderato. Era anche entrato a far parte d'un gruppo ristretto di aspiranti scrittori, guidati da quel critico distinto e dall'aria giovanile che una volta aveva sentito parlare insieme ad Aborgast, e adesso una sera alla settimana veniva a Milano per partecipare alle riunioni del gruppo.

Al telefono lo studente raccontava alla donna tutti gli avvenimenti relativi al progresso della sua carriera tra gli aspiranti scrittori. Le parlava delle loro discussioni, d'una rivista che stavano per fondare, di articoli che lui intendeva scrivere per dimostrare qualcosa, per stroncare qualcuno, o per demolire qualche mistificazione corrente.

La donna al telefono lo ascoltava in silenzio. Adesso lei aveva preso l'abitudine di parlarsi da sola, quand'era in casa, e durante queste telefonate spesso le veniva da parlarsi da sola per distrarsi, appoggiando la mano sul ricevitore, e lasciando così parlare lo studente finché voleva.

Ma una sera lui ha accennato a qualcosa che ha attirato la sua attenzione come un campanello, benché fosse distratta. Gli ha chiesto di ripetere le frasi che aveva detto, e lo studente ha ripetuto: durante l'ultima riunione settimanale del gruppo di aspiranti scrittori, ad un tratto lui s'era voltato e chi aveva visto seduto nell'ombra in fondo alla sala? L'ingegnere baffuto, sì, proprio lui, che ascoltava il loro dibattito su un romanzo di successo.

Cosa ci facesse l'ingegnere baffuto a quelle riunioni, non si sa. Ma per varie settimane è riapparso, seduto nell'ombra in fondo alla sala, ad ascoltare le loro discussioni sui libri di successo. Così raccontava al telefono lo studente di letteratura, il quale trovava quella presenza alquanto imbarazzante, oltre che misteriosa.

In agosto la città si spopolava, il quartiere era più vuoto che mai, a parte i cani vaganti o sdraiati sui marciapiedi. Era il periodo delle ferie, e una sera lo studente ha proposto alla giovane donna di venire al mare con lui. Le sarebbe piaciuto passare una settimana in riviera? Benissimo, sarebbe passato a prenderla l'indomani alle dieci, con una macchina. Aveva tante cose da dirle!

L'indomani, molto prima dell'ora convenuta, la giovane donna è andata alla stazione e ha preso un treno per Codogno, dove poi è rimasta per tutto il periodo delle sue ferie.

A Codogno era sola, la famiglia di sua sorella era al mare. Ogni sera lei ascoltava le parole d'un libro, e le sembrava che con le finestre aperte il loro effetto su di lei cambiasse.

Riusciva a cedere a quelle trepidazioni, non faceva più resistenza alle sensazioni di pericolo. Smetteva di masticare chewing-gum, poi sentiva le voci che le parlavano in silenzio, che intorno c'era la notte immensa, che il suo corpo era fermo come la poltrona su cui sedeva, in un punto qualsiasi del mondo. L'abbandono veniva a lei come una promessa, e lei crollava addormentata.

All'inizio d'ottobre è finalmente apparso il primo numero della rivista di aspiranti scrittori, diretta da quel critico con l'aria giovanile. Lo studente di letteratura vi ha pubblicato un articolo, ed il suo articolo ha subito ottenuto una certa notorietà per il metodo spicciativo con cui stroncava molti libri, alcuni film e altre cose. È stato anche citato su un quotidiano nazionale, come un buon esempio di prosa sarcastica ma sgangherata (si faceva notare il numero eccessivo di anacoluti).

Una domenica lo studente s'è presentato alla porta della giovane donna, mostrandole la rivista con il suo articolo e il giornale che parlava di lui, e la donna ha dovuto ascoltarlo per circa sei ore.

Per prima cosa le ha raccontato cos'era accaduto durante l'ultima riunione del suo gruppo, mentre era in corso una discussione su un recente romanzo di successo. L'ingegnere baffuto era come al solito seduto nell'ombra in fondo alla sala, e ad un certo punto s'era alzato e aveva urlato con voce rotta:

"Basta! Basta! Non se ne può più!" Poi traballando e con aria stravolta s'era avviato verso l'uscita. Nessuno aveva capito cosa volesse dire con quel grido, sembrava un pazzo.

Dopo questo racconto lo studente s'è messo a parlare dei progressi nella sua carriera letteraria. Aveva capito che in quel ramo bisognava mettersi in luce, e partecipare a molti convegni, e lui aveva già partecipato a otto convegni con critici e scrittori famosi. S'era anche messo in luce con quell'articolo sulla rivista, e ne aveva già scritto un altro che avrebbe attirato l'attenzione ancora più del primo, per le buonissime stroncature che conteneva.

Ha spiegato che anche quello era un buon metodo per farsi strada, e infatti c'era un critico chiamato Aborgast che era diventato famoso per i suoi articoli pieni di stroncature. Del suo nuovo articolo lui era molto soddisfatto perché qui, nel giro di poche pagine, era riuscito a stroncare cinque romanzi famosi, tre film di grande successo, oltre a Goethe, un cantante rock, due astronauti americani.

Da un'ora ormai la giovane donna aveva smesso di ascoltarlo, e aveva cominciato a parlarsi da sola per distrarsi. Durante la cena lo studente ha disquisito sullo strano comportamento dell'ingegnere, che era forse impazzito e certamente molto antipatico e maleducato. Ma lei non lo ascoltava più perché era intenta a parlarsi da sola.

Ad un tratto lo studente ha chiesto: "Ma cosa fai, parli da sola?"

E lei ha continuato ad alta voce la riflessione che stava facendo sulle parole dei libri: "È come quando da bambini certe parole vogliono dire per noi chissà cosa. Oppure certe strade, una casa, anche un'ombra vogliono dire per noi chissà cosa. Non può essere che tutte queste cose ci danno trepidazione proprio perché non sono niente?"

Lo studente ha chiesto, un po' seccato: "Come, non sono niente? Cosa ti salta in testa?"

La giovane donna ha spiegato: "Sono impressioni che scompaiono momento per momento, e dopo non si sa più cosa siano."

Alzandosi in piedi lo studente le ha risposto: "Si può sapere dove vuoi andare a parare con questi discorsi? Cosa dimostra tutto quello che hai detto? Perché non ti decidi a leggere qualcosa di serio, una buona volta?"

Ha raccattato la sua cartella e il suo articolo, sempre molto seccato, ed è corso via a prendere un treno.

Alla fine d'ottobre la donna ha trovato casa in un quartiere non periferico, ma l'appartamento non era ancora pronto e avrebbe dovuto aspettare ancora un mese prima di entrarci. Nel frattempo, con le prime piogge d'autunno è rispuntato l'ingegnere, andandola a prendere all'uscita dal lavoro. Questo sarà il loro ultimo incontro.

Adesso li vediamo piantati nel bel mezzo d'un vasto piazzale, all'ombra di tre palazzi a forma di parallelepipedi contro il cielo, dove infinite finestrelle non apribili compongono le superfici lisce e lustre degli incombenti edifici. L'individuo baffuto si avvicina alla donna, e sussurra con fare guardingo: "Voglio passare dalla vostra parte. Lei deve ascoltare cosa ho da dirle su quel libro che ho letto. L'ho già letto tre volte. Devo parlare assolutamente con lei."

La donna gli fa presente: "Ingegnere, io non ne posso più di lei, se ne renda conto."

L'uomo rimane interdetto, e dopo una pausa comincia a dire: "Io sono abituato a parlare chiaro con i miei clienti, perché so che sono semplici e non falsi."

La donna l'interrompe: "Se viene a cercarmi un'altra volta io telefono a sua moglie."

Continua però l'ingegnere, sotto i palazzi pieni di inapribili finestrelle: "Ma voi lettori di libri siete ben strani! Certo che vi prendete tutti per chissà chi. E vi nascondete nel riserbo per incapacità di accettare qualcuno, oppure parlate senza parlare a nessuno. Ho anche notato che raramente riuscite a guardare un altro negli occhi. Signorina Virginia, perché?"

Quest'ultima domanda è rivolta alla signorina Virginia già

lontana nel vasto piazzale, ma lei non la ode e quindi è come se l'uomo non avesse detto niente.

Già lontana lei rimuginava su tutte quelle richieste d'attenzione che le fanno sempre lo studente e l'uomo baffuto, ed ha cominciato a parlarsi da sola.

Un'ora dopo camminava per una strada piena di vetrine, e si accorgeva che anche le parole della pubblicità, sui muri, nei cartelloni, nei negozi, le facevano sempre richieste d'attenzione. Sembrava che tutte ammiccassero, ma diversamente da quelle dei libri, perché non davano trepidazione. Erano lì soltanto per dire: "Tu mi capisci, eh?"

Camminando più in fretta aveva l'impressione che anche i neon delle vetrine ammiccassero, sempre per richiamare la sua attenzione. E ammiccavano anche i vestiti della gente, le pettinature, gli orologi, i giubbotti di plastica variopinti, dicendo sempre tutti la stessa cosa: "Tu mi capisci, eh?"

Anche guardando le mosse della gente, credeva di vedere qualcosa. Le occhiate che si scambiavano, il tipo di andatura che assumevano, il loro volgersi cercando qualcosa con gli occhi nelle vetrine, erano sempre mosse per dire la stessa cosa. Dicevano tutti: "Tu capisci chi sono, eh?"

Tutto questo parlare attorno con mosse e ammiccamenti non era diverso dal suo parlarsi da sola, soltanto ch'era una cosa più in grande. Quella strada era come una grande mente dove vagavano parole e pensieri di ombre, ma dove le ombre in giro sembrava si vergognassero d'esser ombre, e allora facevano sempre richieste d'attenzione per non essere prese per ombre, e tutti si prendevano a vicenda per qualcos'altro.

Quelle ombre che si vergognavano d'esser ombre si affollavano in un minuscolo luogo, una strada, con attorno spazi immensi che sfuggivano all'infinito. E in quel luogo c'era nell'aria una polvere che s'insinuava in qualsiasi angolo, ricopriva tutte le ombre e gli oggetti, si depositava sui neon e sulle vetrine. Era quella una strana polvere, che rendeva stupido tutto ciò che toccava, e che niente poteva arrestare, perché si sa che la polvere si ficca in tutti i buchi.

Nella sua visione la giovane donna aveva il pensiero che

quella polvere facesse parte del suolo, fosse soltanto la qualità greve della terra, sollevatasi per il vento a formare un polverone che avvolgeva le ombre con una stupidità greve, o stupore ottuso d'esser ombre.

Ma allora, perché tutte quelle richieste d'attenzione che le ombre rivolgevano sempre in giro? Perché tutto quell'ammiccare senza trepidazione, nelle loro parole e mosse?

A questo punto s'è resa conto che i passanti si voltavano a guardarla, perché lei stava parlando da sola ad alta voce. S'è sentita impacciata, ma subito dopo la cosa non le dava più fastidio, perché aveva in mente: "Tanto, forse tutto quello che succede è sbagliato."

Una mattina in ufficio ha sentito dire che l'ingegnere baffuto era morto. S'era scontrato ad un incrocio a Lambrate, guidando a tutta velocità. Nell'ufficio i suoi colleghi dicevano che l'ingegnere di recente era molto cambiato, trascurava gli affari, s'era anche messo a leggere libri, e scocciava tutti volendone parlare. Poveretto, era stato venditore e un direttore d'agenzia così bravo! Chissà cosa gli era successo.

Appena tornata a casa, la donna ha cominciato a sbarazzarsi di tutti i suoi libri, portandoli per strada e abbandonandoli davanti ad un bidone della spazzatura. Ha fatto vari viaggi in ascensore, su e giù per quel palazzo che sembrava sempre spopolato, e a mezzanotte s'era liberata di tutta la carta stampata che aveva in casa.

Da quando le parole e le frasi dei libri non la inquietavano più come film di fantasmi, perché lei aveva imparato a cedere alle trepidazioni, le sembrava di vedere in quei segnetti neri qualcosa di ancora più inquietante.

Come le accadeva con le scritte per strada e i cartelli stradali visti di sfuggita, così credeva di scorgere nelle linee stampate qualcosa di incerto e indistinto: come un muto apparire contro cui le parole si agitavano.

Le sembrava che le parole scritte, e le parole in generale, lanciassero sempre segnali per attirare l'attenzione, con i più strani ammiccamenti. Ma era come se ammiccassero per dire: "Ascolta che adesso ti dico qualcosa," per poi non dire niente e solo per sbarrare il passo ad una apparenza estranea e senza facoltà di parola che spuntava là fuori.

Una volta le è venuto in mente che tutte le frasi dei libri e dei giornali e delle insegne pubblicitarie avessero solo questo scopo: di evitare che quel muto apparire si presentasse, e allontanare l'imbarazzo che il suo pensiero procura.

In ascensore al mattino, salendo in ufficio, si trovava faccia a faccia con persone che conosceva o non conosceva. Anche lì, quando quel muto apparire spuntava nel silenzio di qualche secondo e negli sguardi che s'incrociavano per caso, subito le frasi accorrevano per sbarrare il passo a quella minaccia: "Come va?", "Fa caldo oggi!", "Hai visto la partita in TV?"

In ufficio restava ad osservare uomini e donne che discutevano, e notava come muovessero sempre mani e braccia per mostrare che discutevano. Cosa dicevano? Sempre cose che gli altri sapevano già. Ma per ognuno sembrava fosse molto importante pronunciare delle frasi e mostrare di voler dire qualcosa, per poi non dire niente, o soltanto richiamare l'attenzione altrui sul fatto che lui stava parlando. Talvolta le persone che osservava fingevano di esprimere sorpresa, e qualcuno mostrava che non c'era niente di cui sorprendersi. Altre volte facevano finta di esprimere dolore, e qualcuno faceva le mosse di interessarsi al dolore. Erano sempre intenti a mostrare di esprimere qualcosa, per bloccare ogni muta apparenza.

Adesso parlandosi da sola nel lontano quartiere periferico, le sembrava che i libri l'avessero portata a farsi troppe idee, e che ogni trepidazione le mettesse altre idee per la testa, e che avere tante idee per la testa fosse una disgrazia.

In ufficio ormai riusciva a vedere soltanto quella messinscena delle frasi scambiate per tacitare il pensiero imbarazzante, ed evitare che l'apparenza estranea si presentasse. Allora per calmarsi si metteva a masticare alacremente una striscia di chewing-gum, e diceva a se stessa. "Loro sono gli altri." E pensava anche: "Chissà in che film sono, loro."

Alla fine di novembre ha traslocato, ed è entrata in una casa vuota e rimessa a nuovo, dove non c'era un solo libro e niente che le ricordasse quella messinscena che vedeva negli altri. Eppure la cosa estranea era là, nella muta superficie dei muri, nelle finestre dipinte color malva, o negli angoli stranamente ottusi del corridoio. Lei doveva parlarsi da sola e cercar d'essere lieta, davanti a quel muto apparire che la osservava là fuori ogni momento.

Soltanto un vecchio lampione nel parco di fronte, quando si accendeva al tramonto, la confortava salutandola con un gesto magnanimo: "Salve! Anche stasera siamo qua."

In gennaio ha dovuto partecipare ad una conferenza stampa indetta dalla sua casa editrice, in cui veniva annunciata la pubblicazione d'una collana di nuovi romanzi a grande tiratura. Nella sala erano seduti conferenzieri, critici e scrittori, giornalisti e dirigenti della casa editrice, e qualche aspirante scrittore il cui romanzo stava per esser dato alle stampe.

Dopo le presentazioni ufficiali, un giovane esperto della casa editrice ha detto: "È un momento d'espansione del mercato, e noi dobbiamo pensare a nuove iniziative che siano al passo con i tempi. Nel settore dei romanzi, i linguaggi forzatamente quotidiani e la cultura della crisi non convincono più nessuno. È invece il caso di recuperare strumenti per una comunicazione più vasta, e mettere questo recupero sul versante dei sentimenti. Sappiamo cosa la gente vuol leggere, perché conosciamo bene i suoi sentimenti, e possiamo offrirglielo."

Un anziano conferenziere, come risvegliato dall'ebbrezza delle frasi, s'è alzato a dichiarare: "Oggi gli scrittori sono tutti noiosi, e non si capisce perché gli editori debbano continuare a stamparli. Ho anche letto qualche libro d'avanguardia, ma sono tutti delle vere porcherie!"

Un dirigente della casa editrice s'è affrettato a prender la parola, per calmare le acque: "Io non posso dir niente in proposito perché non è il mio settore specialistico. Rendiamoci però conto che al giorno d'oggi le avventure non sono più nei libri stampati, come ai tempi della nostra infanzia. Oggi sono nella finanza, nel giro dei soldi. Prendete quelli del leasing, per esempio. Le idee vengono solo dove ci sono dei soldi che ballano e bisogna sfruttare tutto. Ed è inutile fare delle teorie moralistiche, perché gli affari se non sono sfruttamento, cosa sono?"

Ancora prima che la conferenza finisse, la donna se n'è andata. Nel suo ufficio ha trovato ad attenderla un messaggio dello studente di letteratura, che voleva vederla per un motivo molto importante.

Avevano appuntamento in un bar, ma lo studente era ansioso e le è andato incontro passando in mezzo ai piccioni di piazza del Duomo. Stava per scoppiare un temporale, tutti i piccioni erano agitati e facevano voli brevi e frequenti, vagando a caso nell'aria. Appena ha visto di lontano la donna, lo studente le è corso incontro mostrandole un pacco di fogli e dicendo: "Ho scritto un romanzo sui lettori di libri! Un romanzo allegorico!"

Voleva raccontarglielo subito, lì all'impiedi tra i piccioni che cercavano di sfuggire alle raffiche di vento. Diceva d'essere molto contento del suo romanzo, che aveva scritto in un raptus di quindici giorni, durante i quali aveva finalmente capito tutto sui libri e sui lettori di libri. Fumava una sigaretta dietro l'altra, per l'eccitazione di aver finalmente capito tutto.

Il suo romanzo cominciava così: c'è un giovane critico letterario che deve sempre partecipare a convegni di critici e scrittori, convegni con moltissima gente che parla per giorni e giorni senza mai smettere. Un bel mattino, svegliandosi nell'albergo dove è ospitato durante uno di questi convegni, gli succede una cosa davvero orribile.

Il critico letterario si sveglia con l'orrore per le frasi, per qualsiasi frase detta o scritta da lui o da altri. Non sa bene cosa gli stia succedendo, ma gli viene il desiderio d'esser legato saldamente a un letto, con la bocca e le orecchie tappate da cerotti per qualche anno, in modo da potersi rassegnare in silenzio all'orrore delle frasi che passano per la sua bocca, rendendolo fuori di sé. Perché sente con certezza che quando uno parla non è mai se stesso: che tutto quanto le frasi dicono non ha niente a che fare con chi le pronuncia o le scrive, e dipende soltanto dal terribile obbligo di dire qualcosa agli altri per tutta la vita.

Naturalmente, quando telefona alla direzione dell'albergo per chiedere di venir legato saldamente a un letto, con la bocca e le orecchie tappate da cerotti per qualche anno, nessuno riesce a capire quel suo orrore per le frasi, e lo prendono per un pazzo e lo ricoverano in una clinica.

Intanto sulla piazza del Duomo i piccioni investiti dalle folate di vento partivano a scatti, spesso si scontravano tra di loro e perdevano le piume. La donna s'era avviata di buon passo verso la galleria prospiciente la piazza in cerca d'un bar, e lo studente la inseguiva con l'ansia di raccontarle il seguito del suo romanzo.

Nel seguito del suo romanzo il critico è in una clinica, con la camicia di forza, e gli danno dei sedativi per farlo dormire a lungo. Durante quel lungo sonno lui fa un lungo sogno, che è la parte centrale del romanzo.

Sogna d'essere in una città nel bel mezzo d'uno sconfinato deserto. Qui capisce bene che gli abitanti si annoiano tutti a morte, perché vivere in mezzo al deserto e vedere sempre le dune di sabbia è piuttosto noioso. Il sognatore vede però per strada degli abitanti con un libro in mano, altri che leggono seduti sotto un albero, altri che vagano per sentieri del deserto, come sprofondati in un grande stupore. Dopo un po' capisce da cosa derivi quello stato di stupore: costoro sono lettori di libri, e sono così sprofondati nella stupefazione infinita a causa dei libri che hanno letto, delle storie o discorsi noiosissimi che hanno dovuto leggere nei libri.

Il sognatore capisce anche che questi stupefatti non possono più staccarsi dai libri, perché la stupefazione davanti alla assoluta noiosità dei libri li ha invasi, e non riescono più a riscuotersi. Ma osservandone alcuni si rende conto che, in quello stato di stupore, c'è anche una specie di felicità. Infatti, essendo la noia dei libri assoluta, li assolve da tutto il resto e rende irrilevante ogni altra noia, anche quella del deserto che hanno sempre davanti agli occhi.

Nella galleria prospiciente la piazza la donna e lo studente hanno bevuto un caffè in un bar, mentre lui continuava a raccontare il suo romanzo. Subito dopo la donna ha detto che doveva rientrare in ufficio. Intanto è cominciato a piovere, e adesso lo studente inseguiva la donna sotto la pioggia per raccontarle il resto della sua storia.

A questo punto la sua storia dice che, vagando per la città nel deserto, il sognatore incontra molti abitanti vestiti da cammellieri arabi, che vanno in giro con carri pieni di libri per venderli ai lettori stupefatti. Questi finti cammellieri arabi organizzano carovane per attraversare il deserto, e ogni volta portano indietro tonnellate di libri, che poi cercano di smerciare sia agli stupefatti che al resto della popolazione, senza far troppe differenze tra i libri che portano e le persone a cui li smerciano. Gli stupefatti non si accorgono di nulla, perché a loro basta trovare la felicità della noia assoluta, che mitiga la noia del deserto.

Ma ci sono altri abitanti vestiti da gangster, che protestano contro i mercanti. Costoro vanno in giro a dire che loro sanno distinguere i libri buoni da quelli cattivi, e non si fanno imbrogliare dai falsi cammellieri. Vanno in giro a dire che loro sanno cos'è il bello, il vero, e il buono; e non fanno che presentarsi a tutti come gente che sa giudicare queste cose, e dunque può giudicare qualsiasi cosa, e dunque può spiegare a tutti cosa si dovrebbe fare, dire, pensare. Poi questi giudicanti vanno anche a seccare gli stupefatti lettori, criticando la loro ottusa felicità, e spiegando loro cosa si dovrebbe leggere.

Nel suo sogno il sognatore adesso si ritrova ad un convegno di quei giudicanti vestiti da gangster, e qui ha la strana impressione d'esser morto. Ma da morto a quel convegno non riesce più a distinguere i falsi cammellieri dai falsi gangster, perché tutti sono vestiti da astronauti. Ascolta il lunghissimo discorso d'un astronauta che parla di libri e di scrittori, e quel discorso gli sembra così insopportabile che ad un tratto non resiste, si agita e urla: "Basta! Basta! Non se ne può più!", pur morto com'è. Agitandosi si sveglia in un albergo con l'orrore per le frasi, per qualsiasi frase detta o scritta da lui o da altri.

Si sveglia nello stesso albergo dove s'era già svegliato, con la stessa orribile sensazione. Mentre viene riportato nella stessa clinica, con la stessa camicia di forza, finalmente capisce cosa gli sta succedendo: capisce che quel ciclo di orrore per le frasi, e internamento in una clinica, e sogno d'una città nel deserto con stupefatti lettori di libri, dovrà ripetersi per lui all'infinito, finché qualcosa non verrà a liberarlo.

Nella piazza del Duomo i piccioni facevano voli sempre più storti e strampalati, non sapevano più dove andare sotto la pioggia, e lo studente a questo punto voleva sapere cosa la donna pensasse del suo romanzo, prima di portarlo ad un editore. Dunque le ha chiesto: "Allora, cosa ne dici? Tieni conto che è una visione, un romanzo allegorico, come si scrivevano una volta."

La donna s'è fermata sotto la pioggia e gli ha risposto: "Io non so come si scrivevano i romanzi una volta. Però se c'è Dio, di sicuro lui non è contento che ci facciamo troppe idee su quello che succede, e neanche che ascoltiamo quelli che parlano troppo. Io ti ho già ascoltato abbastanza, adesso vai per la tua strada e non telefonarmi più."

Un paio d'anni dopo, l'ex studente di letteratura e l'ex giovane donna senza professione si sono sposati.

Come romanziere lui non aveva avuto alcun successo, nessun editore aveva accettato di pubblicare il suo stranissimo romanzo. Da allora aveva deciso di cambiare vita, di diventare finalmente un'altra persona. Ha tentato molte strade, ha vagato per molte città, ha attraversato un paio di deserti, incontrando un certo numero di draghi o mostri. Alla fine è tornato al suo paese e s'è messo a sedere su una sedia, prendendo seriamente in considerazione la possibilità di impiccarsi. Ma l'ha trattenuto il pensiero che altri poi dovessero trovarlo morto, cioè in una condizione piuttosto deprimente e pochissimo accettata negli ambienti che contano.

Un giorno è tornato a farsi vivo con la sua ex compagna d'alloggio, giurando d'essere cambiato, d'essere diventato davvero un'altra persona, e dicendo che desiderava sposarla. Lei lo ha ascoltato per tutto un giorno, s'è accorta che non era cambiato affatto, ed ha accettato di sposarlo.

Così si conclude la scombinata giovinezza del nostro ex studente di letteratura. Adesso lui è diventato un critico letterario come il personaggio del suo romanzo: scrive recensioni per un settimanale ad alta tiratura.

Quanto aveva appreso in quei primi mesi di frequenza all'università, cioè il metodo per potersi vantare d'aver capito benissimo i libri che ha letto, è diventato la sua strada nella vita.

Dice che nel suo mestiere questa è più o meno la regola: uno scrive per vantarsi d'aver capito qualcosa, finché qualcuno non lo prende sul serio e gli offre un posto di lavoro. Allo scopo d'esser preso sul serio, per un certo periodo lui s'era dato a stroncare un'infinità di cose che semplicemente non lo attiravano. Non sapeva neanche lui cosa stava facendo, ma qualcuno l'ha preso sul serio ed ora lui ha un posto di lavoro.

Dice che ogni tanto gli vengono dei grandi dubbi, e non sa più se è lui o un altro che parla e scrive. È come se fosse un altro di cui lui sa tutto, che vive con lui e ogni settimana deve scrivere qualcosa fingendo di sapere di cosa sta parlando. Spesso si sente molto solo assieme a quell'altro.

A volte viene invitato a partecipare a convegni di critici e scrittori, con molta gente che parla per giorni e giorni. Ma lui non ci va perché teme gli insorga l'orrore delle frasi, e di entrare in un ciclo di ripetizioni senza scampo come il

94

personaggio del suo romanzo. Per fortuna l'orrore delle frasi non gli è ancora venuto, altrimenti non potrebbe scrivere le sue recensioni settimanali.

Oltre a scrivere recensioni ogni tanto deve fare delle interviste, e oggi ha intervistato un vecchio scrittore che scrive libri oscuri e di poco successo. Ora sta rileggendo l'intervista, e alcune frasi del vecchio scrittore lo rendono perplesso, gli danno una sensazione di pericolo.

Ci pensa: cosa diranno di quelle frasi i lettori che vogliono la chiarezza d'idee? E cosa diranno gli altri critici che hanno le idee così chiare?

Sì, però, in fondo, cos'è chiaro e cosa oscuro nelle parole? Tutte sembrano così trasparenti, ma cosa tentano vanamente di dire?

Siccome l'altro che parla e scrive per noi vuol essere sempre al sicuro, per farlo star tranquillo bisogna sempre fingere d'aver capito benissimo ciò che le parole tentano vanamente di dire. La vergogna è il fuoco che divora queste finte, ma allora come smania e scalpita l'altro per salvarsi nei suoi convincimenti!

Se soltanto potesse stroncare, annullare, far sparire dal foglio quelle parole del vecchio scrittore, sarebbe già un bel sollievo per l'altro. Eppure quelle parole sono là, anche loro comparse nel vasto mondo come i lombrichi nella terra.

Vergognandosi molto e sentendosi definitivamente perduto, l'ex studente le scrive qui in fondo a mo' di conclusione:

"Tutto ciò che si scrive è già polvere nel momento stesso in cui viene scritto, ed è giusto che vada a disperdersi con le altre polveri e ceneri del mondo. Scrivere è un modo di consumare il tempo, rendendogli l'omaggio che gli è dovuto: lui dà e toglie, e quello che dà è solo quello che toglie, così la sua somma è sempre lo zero, l'insostanziale.

"Noi chiediamo di poter celebrare questo insostanziale, e il vuoto, l'ombra, l'erba secca, le pietre dei muri che crollano e la polvere che respiriamo."

SCOMPARSA D'UN UOMO LODEVOLE

Dovevo essere circa sui quarant'anni e mi vedevo che non ero più giovane ma un uomo fatto, con una giacca di lino spiegazzata e anche un po' sporca, cosa contraria alle mie abitudini di pulizia nella persona e nel vestiario. Vedevo tutti che si guardavano attorno per orientarsi nel parco, come se fosse successo qualcosa e loro cercassero una via d'uscita, e anch'io mi guardavo attorno per orientarmi con gli stessi futili gesti. Mio figlio contemplava una motocicletta posteggiata irregolarmente sull'erba del parco, a bocca aperta per esprimere la sua meraviglia di fronte alle cromature dell'oggetto. Forse lui s'aspettava che condividessi la sua meraviglia, l'incrementassi con qualche banalità sulle motociclette in generale e su quel modello in particolare; si grattava anche la testa con tre dita a rastrello, come una scimmia.

Ho pensato che un tempo ero giovane e adesso ero un uomo fatto, con un figlio che si grattava la testa davanti alle cromature d'una moto Yamaha, solo perché il sole vi rifletteva i suoi raggi facendole brillare in modo illusorio. Sul canale del parco è passata una piccola chiatta con un transistor rumoroso, e mi è venuto il pensiero: Come una barca dei morti che fanno musica. Era una domenica mattina e mi sono accorto che non c'era più niente da fare; parlo per me naturalmente, degli altri me ne frego.

Appena a casa ho incominciato a stendere questo memoriale chiedendomi cosa mai può essere accaduto. Si direbbe che Dio abbia cambiato le carte in tavola senza farci sapere niente. Altrimenti, perché ogni insulso cantante televisivo brillerebbe con l'aureola d'un semidio? Perché le cromature di una moto Yamaha, appena toccate dai raggi del sole, parrebbero far segno a mille meraviglie terrene? La sostanza dei miraggi del deserto balugina ormai in ogni luogo.

Divago come se fossi un po' cieco e non vedessi più bene le mie mete d'uomo e di padre, cosa certamente contraria ai miei principi. Se poi mostrassi a mio figlio ciò che scrivo, so che non ci capirebbe un accidente; quando gli spiego qualcosa, di regola lui sbadiglia.

La località dove abito si chiama Neuilly-sur-Seine, e ne vado fiero soprattutto per via della Senna inclusa nel nome, oltre che per la rispettabilità del luogo. L'acqua mi dà un certo sollievo per come scorre sempre nello stesso modo, sempre all'in giù e mai all'in su, parlo dei fiumi ben s'intende. E passeggiando alla domenica nel parco la osservo, mi dico: Ecco, così va l'acqua, verso dove? Non saprei dire, sul momento.

Qualcosa deve essere accaduto una domenica e mi par strano, essendo di regola la domenica il giorno in cui nulla deve accadere. Passeggiate nel parco al mattino e televisione in casa al pomeriggio; nella buona stagione le barche con i domenicali che prendono il sole in mutande e occhiali fantasia; i giovani ilari e dementi passano sui loro pattini a rotelle ridendo attraverso tutto questo vuoto; le anziane coppie distinte si voltano a guardarli con aria stupita, solo per non cader stecchite di noia e d'irrealtà ecc. Ecco la domenica dalle nostre parti, volendo essere concisi.

Alla domenica sorveglio mio figlio perché nulla accada neppure nella sua semplice vita. Per fortuna gli altri giorni va a scuola, dove ho la certezza che nulla possa accadergli, nulla s'imprima nella sua mente, siccome egli sonnecchia per tutto il tempo scolastico, e anche in metropolitana andata e ritorno. L'educazione gli ha sempre dato una certa sonnolenza, cosa del resto naturale in mancanza di botte, torture ecc.

La scuola a cui l'ho destinato porta un ridicolo nome americano, che sembra alludere a chissà quale mistero relativo alle attività affaristiche degli uomini. In realtà si tratta d'un istituto i cui studenti vengono precocemente avviati alla carriera del denaro, ad adorare il denaro com'è di norma, a contarlo ogni mattina e prevedere i modi di farne in grandi quantità. Ma per ora mio figlio studia soltanto numeri insensati, impara a memoria formule tecniche, dorme e sonnecchia e non fa altro. La sua vita è semplice come la sua mente, e di questo sono soddisfatto.

Sorvegliandolo alla domenica perché nulla gli accada, da qualche tempo ho la sensazione di guardare l'acqua: ho la sensazione che lui sia come l'acqua che va da qualche parte per forza maggiore, ma senza alcuna propria intenzione. E spesso mi sono chiesto come potrà egli cavarsela un giorno tra finanzieri e affaristi, nell'arena dove questi signori svolgono le loro normali mansioni di macellai. L'acqua scorre e quelli sono come macigni che rotolano dall'alto, facendola deviare in stagnanti pozzanghere, forse per sacrificio lustrale alle divinità dei loro commerci.

Ecco detto quello che c'è da dire, per il momento. Temo di fiutare già il fumo in cui andrà a concludersi un'altra inutile vita.

La ditta per cui lavoro traffica in contenitori per alimenti liquidi. In dieci anni è diventata una delle maggiori ditte nel settore ed io sono diventato un suo dirigente, pur non avendo mai visto uno solo degli articoli che andiamo smerciando. Noi siamo intermediari, trattiamo con cifre e sigle su cui stendiamo relazioni settimanali, e di cui parliamo con competenza ai clienti; ma gli oggetti a cui quelle sigle si riferiscono sono per noi materia oscura. Ci sono però i cataloghi che parlano chiaro, e il resto è tutto così prevedibile!

Voci sconosciute al telefono chiedono informazioni, io consulto i cataloghi e rispondo con un certo garbo. Invito a pranzo gli sconosciuti in un buon ristorante, e parlo per ore dei contenitori per alimenti liquidi che noi sappiamo mettere a disposizione del mondo, contenitori ad alta sterilità e capaci di conservare il cibo in frigorifero per molti mesi. Di fronte a tante cifre e sigle di solito gli sconosciuti si persuadono; anche perché in fondo è solo questo che vanno cercando, d'esser persuasi di qualcosa, come tutti.

Dopo di che, io invio una lettera di ordinazioni al nostro magazzino di Lione, ed ecco come noi facciamo carriera nel nostro ramo, essendo tutti persone qualificate, oltre che padri di famiglia. A che scopo? Per scopi morali, suppongo: i figli, la casa ecc.

Un paio di volte all'anno tocca a me andare a Lione per decidere quali rifornimenti siano necessari, in base alle previsioni di qualche astrologo sul numero di yogurt che verranno consumati, sulle richieste di frutta sciroppata, di consommé, di creme di funghi o di piselli. Tutto è così prevedibile, come ho detto. Io giro per quei magazzini esaminando pile di scatoloni di cui conosco la sigla ma non l'essenza, e con un treno notturno torno a Parigi sfogliando cataloghi in sei lingue, quasi tutte a me ignote.

Una volta mi hanno spedito in Svizzera, a persuadere qualche comune svizzero sulla bontà dei nostri contenitori, e là finalmente ho visto qualcosa che mi è parso il contrario dei nostri cataloghi. Delle vacche al pascolo mi guardavano con l'aria di dire: "Oh, là c'è qualcosa nel mondo." Vedevo dal loro sguardo che la pensavano così. Pensavano con sorpresa: "Oh, là c'è qualcosa," grazie anche alla mancanza di cataloghi. Cosa vedevano quelle vacche? Qualcosa di indistinto e senza sigla, vedevano forse l'essenza della grande nullità. Per questo avevano l'aria così riposata e riposante, immagino.

Terminato il mio lavoro esco dall'ufficio in rue des Petits Carreaux, e mi avvio tra la gente che affolla il mercatino di frutta e verdura. Dietro i loro ordinati mucchietti di mele rosse, di zucche gialle, di carote color carota, si direbbe che qui i venditori non se la passino male; hanno ancora voglia di lanciare allegri richiami ad altri che non conoscono. Scendendo verso la rue de Montorgueil per ritirare dal fornaio i miei quattro filoncini di pane quotidiano, certe volte ho una diversa impressione: ho l'impressione che noi tutti in questa strada operosa siamo sigle di qualche catalogo, materia oscura di cui nessuno conosce l'essenza, benché molti la smercino come roba ben nota. Ma sì, noi siamo le sigle e le cifre del mondo, la reputazione e l'orgoglio dei nostri amministratori. Ecco un pensiero d'alta moralità, venutomi così per caso.

Sbucando davanti alla chiesa angolare di St. Eustache, rivolgo spesso il pensiero a Dio, anche se negli ultimi tempi non riesco più a capire bene la sua volontà. Poi là davanti la grande piazza delle Halles, il grande buco nelle profondità della terra; e folle di giovani insensati e malvestiti, alcuni con canottiere da trapezista, altri con fazzoletti intorno alla fronte, altri abbigliati a lutto, oppure giovani negri che suonano il loro tam tam seduti sui gradini all'ingresso del grande buco.

Passando accanto a questi giovani senza che loro si accorgano di me, spesso mi chiedo: Com'è possibile che io sia per loro uno qualsiasi, uno tra migliaia d'altri che a quest'ora si affrettano verso la metropolitana? Sono io forse uno qualsiasi? Non sono io qualcosa in più, di cui quelli non si rendono conto solo a motivo della loro svagatezza?

Certo, non v'è dubbio, mi rispondo. Se non altro potrebbe comprovarlo questo memoriale che vado scrivendo nella lingua dei miei padri: mica uno qualsiasi potrebbe scriverlo!

Entrando nel grande buco scendo le scale mobili verso la metropolitana, per tornare a casa, con i miei filoncini di pane quotidiano e i miei baffetti alla francese. E qui a volte mi prende la voglia di acquistare una rivista pornografica, che poi a casa dovrò accuratamente nascondere. Ciò che mi spinge è forse l'idea che, esaminando lo sguardo di quelle donne fin troppo nude, io possa capirne l'anima, vedere il significato della loro sigla.

Lo so che vado cercando un po' d'eccitazione, ma solo come ricordo confuso dell'amore, di cui peraltro onestamente non so quasi nulla. Quando la mia sposa francese era ancora in vita, non mi immaginavo certo che nel letto noi ci occupassimo di faccende del genere; avevo ben altro a cui pensare, a quei tempi.

Dalla domenica in cui è iniziata questa mia vicenda, ho spesso desiderato poter esplorare la mente di mio figlio, per capire quali effetti avessero avuto le cromature di quella moto Yamaha sul suo povero cervello. Un figlio è come uno specchio in cui un genitore vede se stesso, e viceversa, naturalmente, posto che il figlio non sbadigli soltanto ogni volta che deve parlare con suo padre.

Avevamo appuntamento a mezzogiorno nei pressi dell'ufficio; avevo invitato mio figlio al ristorante, non ricordo perché. Forse è perché voglio sempre dimostrarmi buono e generoso con la piccola bestia giovanile. Mi sono fermato all'angolo di rue Réamur ad osservarlo mentre arrivava in distanza, trascinando le suole delle scarpe, con quelle braccia troppo lunghe che gli ricadono sulle cosce, l'aria goffa, lo sguardo navigante. Sembrava divenuto troppo alto per le sue modeste aspirazioni, teneva le spalle incurvate per non dare nell'occhio.

Lo vedo ancora là, con i jeans sorretti da bretelle, e quella maglia con scritta americana. Negli ultimi tempi gli ho concesso di indossare maglie con scritte americane, sperando che gli servano per imparare l'inglese.

Mi cercava dovunque, sperduto tra la folla del mercatino di frutta e verdura, e allora non ho retto alla sua vista. Mi sembrava troppo sperduto, del tutto ignaro della meta verso cui stava andando. Ecco, mi sono detto, lui è l'acqua che s'ignora e va solo per vuota inerzia del flusso e riflusso.

Mi sono allontanato in fretta sul marciapiede, e volevo perderlo, separarmi da lui, perché le sue mete non erano le mie, me n'ero accorto in quel preciso momento. Diciamo che io non sopporto chi non ha una precisa meta nella vita.

Ad un certo punto ho rallentato dicendomi che non poteva avermi visto, quello sonnecchia sempre, figuriamoci. Mi sono fermato e mio figlio stava arrivando, allungava il collo sopra la folla per cercarmi. Ho affrettato il passo in direzione opposta chiedendomi: A cosa potrei pensare adesso che non mi dia fastidio? A cosa potrei pensare nei prossimi vent'anni, con questo figlio tra i piedi, giorno dopo giorno?

Ma sì, vane chiacchiere. Mio figlio mi seguiva sempre, col naso all'aria per fiutare la mia pista, ma senza mai allungare il passo per raggiungermi. Avrei potuto andare a spasso per sei giorni, camminare di qui fino in Normandia e tornare indietro, e quello mi avrebbe sempre seguito senza mai allungare il passo, senza mai avere un dubbio, semplicemente trascinando le sue suole per tutte le strade. Così va l'acqua, dicevo tra me, adesso lo so che segue un alveo ma non ha direzione, non può avere una meta o uno scopo nella vita.

Un'ora dopo eravamo seduti uno di fronte all'altro in un ristorante cosiddetto self service, accanto alla rue de Renard, assieme a centinaia d'altri individui qualsiasi.

Ricordo a stento le linee essenziali del nostro colloquio in quel ristorante. A casa normalmente mangiamo in silenzio, io leggo il giornale, mio figlio assorbe il cibo con il capo nel piatto; ma qui mi sentivo spinto a tener viva la conversazione, forse ancora per mostrarmi buono e ragionevole con la giovane bestia.

Per prima cosa ho cercato di fargli intendere come io avrei potuto smascherare tutte le apparenze e i miraggi illusori che baluginano attorno a noi, compresi i riflessi delle cromature d'una moto Yamaha. Da certe cose io non mi lascio facilmente incantare. Con la mia critica potrei smontare tutte le illusioni che gli riempiono il cranio, se volessi: si rendeva lui conto di questo, sì o no?

Assorbendo un piatto di grumosi spaghetti, mio figlio ha

innocentemente risposto: "Sì, sì, ho capito." Subito ho abbandonato l'argomento, per decenza; non aveva capito un accidente, ne sono certo.

Ho affrontato allora un altro argomento di conversazione. Gli ho chiesto se conosceva la storia di Abramo e Isacco, e di come Dio avesse chiesto ad Abramo di sacrificargli suo figlio Isacco, e di come Abramo fosse disposto anche a ciò, pur di compiacere il suo Dio. Mi è parso un modo molto cauto di avviare un discorso sulla nostra necessaria separazione, e paternamente tentavo di farlo riflettere: "È una storia molto istruttiva sui padri e i figli, e sui sacrifici tremendi che i padri debbono affrontare a causa dei figli, non ti sembra, Léo?"

Sospetto che la giovane bestia abbia creduto gli raccontassi un film che avevo visto alla televisione. Altrimenti sarebbe inspiegabile la sua risposta: "È una roba con gente in costume?" Con bontà gli ho spiegato trattarsi d'un evento sacro, svoltosi qualche migliaio d'anni fa. Sorbendo la sua frutta sciroppata il figlio ha risposto: "Sì, sì, ma sono tutte cose noiose."

Col che ho taciuto, vinto dalla sua ignoranza. La sera stessa in metropolitana ragionavo follemente sui mezzi idonei a sbarazzarmi di lui. Certo il mezzo migliore e più tradizionale è il coltello: se avessi sollevato un coltello su di lui, per esempio a tavola, lui se la sarebbe data a gambe fuggendo di casa. Ma chi mi assicurava che Dio avrebbe risolto le cose all'ultimo momento, come nel caso di Abramo, ed io non fossi stato costretto a tagliargli almeno un orecchio?

Avvelenarlo sarebbe stata certo un'azione facile, dal punto di vista domestico. Ma per l'appunto, cosa ne sapevo degli imperscrutabili voleri di Dio, che prima ci chiede d'essere uomini lodevoli, sostenitori della morale, e poi lascia i padri a dover risolvere tutti i problemi della vita con qualche necessario assassinio in famiglia? Non riuscivo a superare il mio smarrimento nelle fitte tenebre del dovere paterno.

Così ragionando follemente sono giunto a casa. Ho cenato da solo, e dopo cena mi sono seduto nel mio studio a prendere appunti per questo memoriale. Proprio in un momento di particolare sforzo meditativo, è entrato in camera mio figlio a chiedermi svagatamente: "Cosa scrivi, Poupi?"

Trattenendo l'ira ho detto che prendevo appunti sulla vita, nella lingua dei miei padri. Trattenendo il riso lui ha chiesto: "Ma quanti padri hai avuto tu?" Gli ho tirato dietro un soprammobile in legno, oggetto di gusto inqualificabile acquistato dalla mia defunta moglie, mancando il bersaglio del suo cranio ma ottenendo un altro importante risultato: che quel patetico ricordo di mia moglie è andato in pezzi, ed ho potuto finalmente gettarlo nell'immondizia.

Andiamo avanti. Com'è facile in fondo raccontare una situazione e poi dire: "Io sono questo." Un uomo diventa subito il questo del suo indicare, e finché muore non farà che indicare il questo che lo rappresenta.

Una notte mi sono svegliato di soprassalto per un'idea brillante che m'era venuta, circa il modo di sbarazzarmi del figlio. Ho ragionato all'incirca così: Certamente Dio non pretende più da noi dei veri sacrifici, gli basta qualche spettacolo o rappresentazione. Ci lascia nel buio a fiutare il nulla che ci avvolge, ma è diventato meno esigente in materia di sacrifici. Forse vuole che siamo più civili, meno selvaggi dei suoi antichi patriarchi.

Ho tirato fuori dall'armadio una vecchissima valigia di fibra rigida, che non usavo da anni. Ci ho messo sopra un cartello con l'avviso: ECCOTI UNA VALIGIA, FIGLIOLO, E QUALCHE SOLDO. FAI CIÒ CHE VUOI, MA VATTENE DI CASA. In punta di piedi sono andato a deporla di fronte alla stanza di mio figlio, che lui la vedesse bene al mattino appena sveglio.

Sono tornato a letto, riaddormentandomi soddisfatto per la soluzione civile che avevo trovato. Dopo due giorni la valigia era ancora lì, il mio sonnecchiante figliolo non ci aveva ancora fatto caso, a quanto mi risulta.

Durante il pasto serale ho cercato di accennare alle valigie e ai viaggi, a molti giovani intraprendenti che se ne vanno di casa per lasciar vivere in pace i loro genitori. Il figlio mi guardava a bocca aperta, senza riuscire a capirci niente in quelle allusioni. Con aria svagata ha chiesto: "Non mangi, Poupi?" Ho ingoiato il boccone che avevo in gola, di traverso, e subito ho lasciato la stanza senza dir nulla, per decenza.

Quella sera stessa ho portato la valigia di fibra rigida da basso, abbandonandola accanto ad un contenitore d'immondizia.

Sì, dev'essere accaduto la stessa sera in cui ho incontrato per le scale quel capostazione di Courbevoie, dopo aver abbandonato la valigia per strada, quasi disperato, potrei anche aggiungere. E per giunta sulle scale ho incontrato quel capostazione di Courbevoie.

Sarà bene che dica qualcosa su quest'uomo. È un ex capostazione pensionato, che continua a portare il berretto da capostazione, e si arroga l'incarico di concierge del palazzo. Abita in uno sgabuzzino al primo piano, con precari servizi igienici sul pianerottolo. A volte scendendo le scale lo sento nel suo sgabuzzino far urli e discorsi da solo contro sua figlia che abita a Nogent, sposata con un farmacista, accusandola bestialmente di lasciarlo crepare in quello sgabuzzino, invece di prenderlo a vivere con lei a Nogent.

Inoltre costui ha il vizio di interrogarmi, quando non riesco a evitarlo per le scale. Vuol sapere: "Ma lei è proprio francese?", e io dico: "Di genitori italiani," e lui conclude: "Allora non proprio francese." Una volta è venuto a suonare il mio campanello per chiedermi: "Lei ha combattuto per la resistenza?", e lì per lì ho dovuto confessargli che non avevo combattuto. Lui ha chiesto: "Ma da che parte stava?", e io: "Da nessuna parte," e lui: "Non stava con i francesi dunque." Gli ho fatto presente che all'epoca avevo otto anni e abitavo in un altro paese, e lui se n'è andato brontolando: "Lo sospettavo che non era francese."

Maledetto capostazione di Courbevoie, temo sempre di

incontrarlo per le scale, perché so che lui vorrebbe parlarmi della sua solitudine e tristezza.

Ora, quella sera il capostazione stava salendo le scale per venirmi a dire questo: che il carico dell'acqua per i termosifoni, situato chissà perché nel solaio sopra il mio appartamento, non poteva essere svuotato per intasamento del condotto di scarico. Cosa di cui non m'importava un fico. Ma lui diceva: "C'è il pericolo che, pompando acqua per smunire i tubi, gli operai le allaghino la casa."

Credendosi concierge del palazzo si preoccupava di simili eventualità; ed era poi seccato perché aveva già salito due volte le scale, e per due volte comunicato la notizia a mio figlio, e mio figlio non mi aveva detto niente.

In quel momento ho sentito un soffio di solidarietà fischiarmi in petto, ed ho esclamato: "I figli non servono a niente, sarebbe meglio non averne mai avuti." Questo l'ha molto rallegrato, come prevedevo, dandogli la possibilità di scagliarsi subito contro sua figlia che abita a Nogent, nonché contro suo genero, avido farmacista.

Lui parlava e io sentivo ch'era contento; ed ero anch'io contento per lui, felice per le sue imprecazioni e perfino delle sue bestemmie contro Dio. Quando poi ha detto con voce grave: "I figli ci levano le forze, più crescono e più ci levano le forze, e poi ci lasciano qua come cani senza speranza," dentro di me ho pensato: Ecco un uomo che mi capisce.

Stavo quasi per abbracciarlo ed invitarlo in casa a discutere i nostri problemi di padri. Sarebbe stata una bella serata, finalmente un po' di comprensione umana. Ma mi sono limitato ad appoggiargli una mano sulla spalla, con gesto di fraterna amicizia, e lui s'è levato il berretto da capostazione in segno di gratitudine. Sono rientrato in casa e mi sono messo a guardare la televisione, un po' sollevato.

Era domenica. Scendevo con mio figlio per avenue du Roule tornando dal parco, e vedevo quei giovani seduti sulle sedie d'un bar all'aperto, vestiti di pelle nera con borchie dovunque. Passando li sentivo parlare con quel loro gergo di parole abbreviate, indice sicuro di pigrizia; io ad esempio non abbrevio mai nessuna parola, bevo fino in fondo il calice della loro vanità.

Avevo uno strano passo strascicato come se fossi più vecchio di quel che sono, sentivo il peso di mio figlio gravarmi addosso. Lo vedevo con quelle braccia troppo lunghe che gli ricadono sulle cosce, le mani che non sa mai dove mettere, e quella stupida maglietta con una scritta americana di cui ignoro il significato.

Goffo, mio figlio. "Stai dritto," gli dicevo. "Non camminare come un orangutan." "Sì, Poupi," rispondeva il figlio. Spesso mi chiama con quel soprannome, nella sua mente con riferimento alla mia paternità, ma nella sua ignoranza adottando senza saperlo un nome di cane.

Mio figlio salutava i giovani vestiti di pelle, nei bar, alzando in modo pietoso la manina, per non mostrarmi tutto il suo entusiasmo per quelle compagnie. Ed io mi vedevo con questi ridicoli baffetti da francese trascinare i miei passi accanto a mio figlio, mi chiedevo: Perché quelle macchine al semaforo, la loro immobilità deve pesare tanto su di me, e le sedie e i tavoli di questo bar, e i giovani vestiti di cuoio che guardano nel vago? Mi sembrava anche strano che in tutto quel vuoto potesse esserci tanto peso, neanche un po' della leggerezza che dicono gli astronauti trovino sulla luna. Eppure quello era un deserto come la luna. Nessuna libertà, mi chiedevo: Dove?

Sentivo che arrancare non serviva più, ho avuto uno scatto. Il semaforo verde, le macchine che sfrecciavano sul viale, il mio corpulento figlio che mi guardava: "Dove andiamo, Poupi?", una voce bovina. Ed io mi sono messo a correre attraverso le macchine che suonavano i loro claxon, suonavano. Correvo sperando di trascinarmi dietro quella pecora di figlio, mi dicevo: Adesso la bestia giovanile mi segue e resterà schiacciata da qualche pazzo automobilista, così risolviamo tutto. Non mi voltavo indietro perché non volevo delusioni, io con i miei baffetti e i miei principi.

In realtà mi sembrava di planare sopra le macchine, ero in uno di quei rari momenti in cui vedo tutto, controllo tutto ecc.

Niente. Mio figlio si era fermato a guardare una vetrina piena di ordigni elettronici, non s'era neanche accorto degli sforzi che suo padre faceva per risolvere la situazione familiare, là in mezzo al traffico. L'ho sorpreso che contemplava a bocca aperta quelle apparecchiature, con la stessa cieca meraviglia con cui aveva contemplato le cromature della moto nel parco. Non ho detto niente: non sopporto l'innocenza, ma so che l'innocenza è un avversario imbattibile, se affrontato faccia a faccia.

Camminavo svelto verso casa, in rue d'Armenonville era tutto deserto. Il figlio mi veniva dietro con passi indolenti.

Dopo questa mancata risoluzione dei miei problemi familiari, è stato prima del pranzo che ho colto di nuovo mio figlio in flagrante. Entrando in camera sua gli ho chiesto: "Cos'è quella valigia?" Con lo sguardo nel vuoto mio figlio ha risposto: "L'ho trovata." Ho osservato una vecchissima valigia di fibra rigida accanto il letto, valigia indecente e certo poco pulita.

"Trovata dove?" ho chiesto. Mio figlio faceva gesti vaghi, spiegando: "Sul marciapiede. Qualcuno avrà fatto un trasloco e l'ha buttata via." Io: "Non gesticolare, si parla con la bocca, non con le mani." Lui: "Sì, Poupi."

Sulla porta mi sono voltato e ho dato a mio figlio l'ordine: "Porta subito giù quella valigia, fai finta di niente e lasciala per strada, non voglio più vederla." Mio figlio però contemplava la valigia: "Non posso, ci sono dei dischi dentro." Gli ho lanciato uno sguardo severo, da padre: "Li hai rubati?" Mio figlio guardava dalla finestra, come se parlasse ad un altro: "Ho fatto dei cambi."

Naturalmente non potevo credere a questa stupida invenzione. Mi sono avvicinato fino a potergli pizzicare il braccio: "Léo, stai attento a quello che fai, eh?" Poi a bassa voce: "Se rubi, io ti lascio andare in galera, siamo intesi?" Mio figlio guardava dalla finestra sfregandosi il braccio pizzicato: "Va bene, Poupi, non preoccuparti."

Allora ho guardato anch'io dalla finestra, e in quel momento ho visto il mondo passar via sotto un lampione; ma ero troppo stanco per credere ai miei occhi.

Quel pomeriggio sono accadute varie cose, e troppe per il mio carattere. Ancora il sole illuminava il falso prato dell'ospizio per vecchi di fronte a casa mia, quando qualcuno ha suonato alla porta. Era quell'armeno che si chiama Gérard; costui ritiene d'essere mio collega solo perché i nostri uffici comunicano, e nessuna porta ben sbarrata li divide. Ho pensato in quel momento: Se è armeno, come fa a chiamarsi Gérard? Non ricordavo il cognome.

Tenendo la porta socchiusa ho detto: "Cosa vuole?", che non gli saltasse in testa di entrare liberamente in casa mia. "Dovrei parlarle," diceva l'armeno. Ho notato che il suo accento non era perfetto come il mio, benché io sia straniero quanto lui in questo paese. Ma occorrono anni e anni di autocorrezione per avere un buon accento, né frivolo né popolare, e non tutti sono disposti a correggersi.

"Non ho tempo," gli ho detto e stavo per chiudere la porta. Poi quel Gérard parlava e ho capito che mi stava invitando a casa sua per bere qualcosa, abita dalle mie parti. Vagamente ho risposto: "Alle sei," e ho chiuso la porta.

Mio figlio grattandosi lo stomaco passava di lì, ha chiesto: "Chi era, Poupi?" Gli ho tirato un calcio diretto all'inguine, ma lui s'è scansato. "Non voglio che mi chiami Poupi," gli ho detto, "tu devi chiamarmi padre."

A mio figlio scappava da ridere sentendo quella parola, lo vedevo grattarsi lo stomaco con la voglia di ridere. "Ripeti: padre," gli ho ordinato. "Padre," ha ripetuto il figlio. "Adesso ripeti: chi era, padre?" "Chi era, padre?" ha ripetuto lui. "Niente che ti riguardi, bastardo," gli ho risposto più o meno.

Pensavo di aver così regolato alcune pendenze e di potermi finalmente sedere a guardare un normale programma televisivo. Ma quasi subito è accaduto un altro fatto che non riesco ancora a comprendere. Mentre mio figlio orinava nel gabinetto, sono entrato come una furia e gli ho urlato gesticolando: "Io mi sento libero, hai capito?" Lui ha continuato a orinare, rispondendo senza guardarmi: "Sì, Poupi."

Sono rimasto a chiedermi cosa avevamo voluto dire, io con quelle parole e lui con quella risposta. Sono rimasto immobile a chiedermelo sulla porta del gabinetto, mentre sentivo il figlio in camera sua che faceva andare quel solito disco, una voce di donna negra che ripete infinite volte le stesse frasi, melanconiche; frasi insulse che lui peraltro non capisce, me ne sono accertato interrogandolo.

Sono uscito per andare da quel Gérard ed era già buio, volevo distrarmi. Ho camminato fino alla porte Maillot per capire chi ero, non per distrarmi. Tra l'altro appena fuori della rue d'Armenonville ho incontrato due prostitute alte, con stivali di vernice nera e gonne corte di lamé, come due guerriere; erano seguite da un negro con berretto a quadretti, identico al mio. Mi è parso il segno che le stelle stessero per annunciare qualcosa di torbido, anche nelle nostre zone rispettabili.

Devo stare attento che il mio memoriale non diventi una farsa, meditavo un giorno. Anche perché da qualche tempo tutte le parole hanno un suono così falso che nessuno riesce più a credere ad un altro uomo, tranne se parla per cifre e sigle. Eh sì, me ne sono accorto. Mi venivano in mente quei negozianti della rue Rambuteau, che credono molto ai loro formaggi, alle loro insalate, aringhe e salsine, ma quando ti guardano si capisce che non riescono proprio a crederci alla tua esistenza spirituale.

Ero nel mio ufficio, seduto immobile a guardare la finestra e meditavo. Fuori pioveva e ho pensato: Se piove che almeno possa veder le nuvole. Ho spostato la sedia davanti alla finestra per guardare le nuvole, ma la bassa grondaia copriva tutto il cielo, e là davanti c'erano solo altre finestre di altri uffici. Un uomo con baffetti alla francese come i miei, mi faceva cenni di saluto da una di quelle finestre. Mi son detto: Chi crede d'incantare quello con i suoi gesti di saluto? Io non lo conosco e non voglio conoscerlo.

L'uomo che mi salutava era però tanto simile a me, nel vestiario, nel taglio dei capelli, nell'atteggiamento generale di bestia da ufficio, che mi è venuto il forte sospetto potesse essere benissimo lui a scrivere il mio memoriale; o quanto meno un memoriale in tutto simile, basato sul copione che ci accomuna e ci rende così simili.

Numerose come le stelle sono le vite identiche una all'altra, intercambiabili, e chi mi dice che il privilegio di qualche differenza spirituale non sia anche quello un miraggio del deserto? Potrebbe darsi che tutto quanto ho visto, sentito, sofferto, sia soltanto la penosa confessione di quell'uomo che mi saluta.

Con l'ansia di accertare qualcosa ho subito chiamato la mia segretaria, la non più giovane signora Agnès, e le ho chiesto se ero davvero identico all'uomo dell'ufficio di fronte. Ricordo che la signora Agnès ha fatto un sorriso di benevolenza, assicurandomi: "Oh, no, lei è più distinto." Non so perché mi è venuto l'impulso di cingerle i fianchi e dirle: "Signora Agnès, me lo darebbe un bacio?"

Lei s'è levata gli occhiali per pensarci su, e poi rifletteva: "Ma di là c'è mio marito" (impiegato nella nostra ditta). Io guardavo immobile la finestra, e ho risposto: "Oh, non si preoccupi, lui pensa solo alle scampagnate con gli amici e alla sua barca a vela e nient'altro, è tutto previsto."

Sì, perché mi vedo in una storia, ce l'ho sempre in testa, e capisco che qui è già tutto previsto. Vedo questa storia in cui sono capitato, vedo la gente per le strade, e capisco che tutti si muovono secondo un copione previsto. E nello stesso insondabile copione deve anche esser già previsto ciò a cui quest'uomo andrà incontro, scritto nel suo inverosimile memoriale; è come essere nel sogno d'un altro.

Quel giorno o un altro giorno, poco importa, sono tornato a casa ad un'ora insolita. Ho infilato la chiave nella toppa, ho aperto l'uscio e là: altroché sogni, c'era tutta la casa allagata, l'acqua scendeva lungo i muri, i disgraziati soprammobili di mia moglie navigavano nella corrente per le stanze, un portaombrelli veleggiava verso il salotto, e adesso che la porta s'era aperta il flusso correva verso le scale. Sguazzando con una certa soddisfazione, ho contemplato l'acqua che scorre.

Certo, anche questo era previsto, come se l'avessi sempre saputo: il carico dell'acqua per i termosifoni, situato sopra il mio appartamento, essendo stato troppo pompato allo scopo di sgorgare un tubo, adesso si riversava in casa mia, circa una tonnellata di roba liquida.

Quando un idraulico ansimante è accorso a dirmi: "Disastro!", gli ho risposto pacatamente: "Lo sapevo già." Sapevo già che la colpa di tutto era mio figlio, a cui il medesimo idraulico aveva chiesto di chiudere il condotto dell'acqua tramite apposita manopola, ma che se n'era completamente scordato essendo perso nel suo dormiveglia giovanile. All'idraulico ho ripetuto con calma: "Io lo sapevo già che andava a finire così."

Adesso mio figlio era a scuola, l'acqua fluiva giù per le scale colando al primo piano nello sgabuzzino del capostazione di Courbevoie, tramite un piccolo lucernario. E infatti, chi altro avrebbe potuto l'acqua andar a disturbare? Anche questo lo sapevo già, come sapevo che scendendo avrei sentito i lamenti e le bestemmie del capostazione.

Dunque, a tutto questo non ho fatto molto caso. Senza badare a niente, sono penetrato nel mio appartamento a prendere un paio di occhiali scuri, me li sono messi, e mi sono avviato giù per le scale per recarmi a passeggio. Anzi, mi sono anche messo il mio berretto a quadretti, non si sa mai.

Giunto al primo piano ho inteso i lamenti del capostazione, rivolti alla figlia che abita a Nogent, ma anche in particolare al genero farmacista. Diceva più o meno : "Tu infame che mi hai levato la figlia e la tieni per servirti in farmacia, non perché l'ami, tu sei un commerciante senza cuore. Infame, e io devo vivere in questa topaia adesso allagata? Ho lavorato cinquant'anni per cosa, io, infame farmacista? Guarda qua che ho l'acqua nelle scarpe e tu invece sei all'asciutto!"

Anche lui si lamentava come previsto, solo per dire: "Io sono un uomo, ecce homo, io, io!" Ma di io ce ne sono tanti in giro per il mondo, pieni i marciapiedi. Passandogli davanti l'ho salutato con breve tocco al berretto, e sono uscito all'aria aperta.

Nei caffè a leggere il giornale, questa è una novità, non l'avevo mai fatto. Un giornale perché poi si legge? Per osservare qualcosa senza più scoprire niente, sapendo che sarà sempre la stessa minestra, e lasciando scorrere le parole, le frasi e le pagine come i giorni tutti uguali.

Un pomeriggio ho letto un memoriale, dovevo essere seduto nei giardini delle Tuileries, ed era una lettura noiosissima. Ammiravo l'uomo che l'aveva scritto. Come dev'essere bello poter essere così noioso, dicevo. Così noioso che tutti ti abbandonano perché non trovano in te niente da scoprire, nessuna attesa di accadimenti imprevisti; ti guardano come una scarpa, un sasso o un albero ecc.

Queste sono libere riflessioni durate qualche giorno, dopo l'allagamento della casa. Dormivo fuori casa, mangiavo fuori casa, di mio figlio nessuna notizia; in giro c'era aria di primavera.

In breve, una sera ho dormito nel mio ufficio sentendomi libero, e il mattino dopo correvo giù per le scale sentendomi perduto. Sono perduto, sono perduto, pensavo. Mi chiedevo se anche ciò fosse previsto e cosa volesse dire. Capivo che in quella parola c'era un mistero: perduto per chi? perduto per cosa?

Per strada volevo constatare se quella parola potesse applicarsi anche agli altri. Se si applica anche agli altri non è grave, riflettevo. E così mi tornava un po' d'ottimismo; perché se avessi potuto fare qualche verifica, forse tutta questa storia in cui sono capitato si sarebbe rivelata come un'illusione, un altro miraggio del deserto.

Sul boulevard Sébastopol il chiosco dei giornali era chiuso, mi è parso un brutto segno. Un brutto segno anche la pubblicità d'un quotidiano appeso all'edicola, un foglio slavato dalla pioggia. E sul boulevard non c'era nessuno, tranne un barbone seduto sullo scalino d'un negozio, uno di quelli che dormono per terra sulla piazza di Beaubourg, e mi scrutava di lontano.

Un negro attraversava al semaforo con passo particolarmente leggero, e l'ho individuato subito come qualcuno che non si sente perduto.

I caffè sul boulevard chiusi, e allora mi sono ricordato che era un giorno festivo. Ecco la spiegazione di tutto questo vuoto! Finché c'è una spiegazione che si riesce a inventare, mi son detto, siamo sempre salvi. Forse però da queste parti nessuno è perduto, dovrei andare ad esplorare altrove.

Per due volte ho attraversato il boulevard verso le Halles, con una specie di desiderio di sfidare le macchine che passavano indisturbate. Se una macchina mi avesse investito, questo sarebbe stato un fatto, non un'altra stupida illusione: Ecco un mezzo sicuro di verifica, mi dicevo.

La macchina con i fari gialli s'era fermata bruscamente davanti a me. Il conducente guardava le vetrine con disinvoltura, mentre io attraversavo la strada sul passaggio pedonale. Anche questo è un fatto, pensavo, non mi ha investito e per giunta guarda le vetrine con disinvoltura.

Con un lungo giro sono sbucato in rue du Temple, e adesso era come se volessi far vedere a tutti che andavo in giro così, per il deserto, senza alcun motivo valido. Anche gli altri andavano in giro senza un motivo valido, questo lo capivo, ma tuttavia senza dare visibili segni d'essere perduti.

Come raccontare ora le peregrinazioni di qualcuno che a rigor di logica non dovrei essere io, dati i miei principi, ma che poi gira e rigira non saprei chi altro potrebbe essere? Un giorno dopo l'altro ho percorso tutta la città, a piedi, in autobus, in metropolitana, per i miei accertamenti.

In un bel mattino di sole ero nel parco delle Buttes Chaumont che guardavo le madri con i loro bambini in passeggiata, le giovani coppie distese sui prati, l'uomo che vende zucchero filato sul vialetto, e tutto il resto senza validi motivi. Lassù sul picco roccioso in mezzo al lago, qualcuno mi spiava con un cannocchiale, credo; e allora mi sono chiesto se non mi avessero già individuato come un uomo perduto, se fossi ormai tanto riconoscibile.

Sì, perché almeno così le cose sarebbero nette, ognuno avrebbe il suo turno per buttarmi un'occhiata di rigetto, un'occhiata luttuosa come si fa con gli individui perduti, o annientati, che dir si voglia. E sui miei itinerari avrei qualcosa di interessante da raccontare, a causa di quelle occhiate.

Una luce tetra mi accompagnerebbe, come segnale di pericolo per chi vuole star allegro, mentre percorro boulevard Haussmann tra folle di compratori che escono dai supermercati, o sbuco in boulevard des Capucines per i miei accertamenti. E lì, confuso tra gente rispettabilissima che ingorga il marciapiede davanti ai caffè all'aperto, potrei anche assumere l'aria da assassino, volendo, mentre guardo e guardo. Guardo cosa? Guardo tutto, vedendo però dovunque soltanto quel l'insondabile copione.

Una sera m'ero perso dalle parti di place Blanche, sotto un cielo buio, e cercavo di capire da dove venisse tutto quel vento che mi squassava; sospettavo provenisse dal ghiacciaio centrale del Dio Padre Onnipotente, ma chi può dirlo con certezza? Ero tra tante altre controfigure dell'esistenza, chi imitazione d'un cantante, chi d'un attore, chi d'un ministro, chi d'una donna qualsiasi; io ero lì, con i miei baffetti alla francese.

Sulla piazza pullman di turisti che venivano scaricati per una rapida visita ai celebrati luoghi del piacere. Barboni abbrutiti mi sfioravano passando, mi chiedevano una sigaretta, e io non potevo nemmeno intavolare una sana conversazione, non avendo il vizio del fumo.

O grande città, passi inutili, o vie dell'infinito previsto! Una mattina sono uscito dall'alberguccio in cui m'ero alloggiato, e per sbaglio stavo quasi per recarmi al lavoro. All'ultimo momento ho deciso di interrogare la mia libidine, e poco dopo risalivo la rue St. Denis, guardando le donne in vendita, con sottane o senza sottane, nei portoni di prima mattina. Ricordo i loro gesti franchi, le voci franche con cui dichiaravano la cifra stabilita per poter penetrare nei loro corpi. Marinai, viaggiatori di commercio, negozianti che scambiavano battute spiritose, gatti, insegne di peep show. Neanche questa ricerca ha dato risultato; tutta quella franchezza era per me un ostacolo insormontabile, come l'innocenza.

Nell'essere perduti noi aspettiamo che gli altri ci trovino, perché solo loro possono trovarci in tutto l'universo. Questo sì, ma il nostro lumicino non può essere ravvivato con troppa franchezza, c'è sempre il suo inutile segreto da rispettare.

Una sera guardavo l'acqua nel bacino della Villette, poi là nel grande spiazzo oltre la porta il canale St. Denis, la chiusa, il ricordo d'antiche chiatte scomparse tra le nuvole. Il cielo era pieno d'acqua e di vermi luminosi, che brillavano lassù, brillavano. Nessun altro indizio.

Un giorno dopo l'altro così. Ed in un tardo pomeriggio mi sono ritrovato dalle parti di casa mia, davanti alla porte Maillot. Ho visto dovunque masse di io che giravano per le strade, e si perdevano in rivoli giù fino a place de l'Etoile, e a destra fino ai grattacieli della Défense. Migliaia e migliaia di io tutti uguali, che non avevano niente a che fare l'un con l'altro. Vagavano tutti come lumicini percorsi da brividi, sempre a causa di quel vento che forse proviene dal ghiacciaio centrale del Dio Padre; vagavano sotto la pioggia, impantanati ai semafori, numerosi come le stelle, giù fino al Trocadero e ad Anteuil, e fino al fiume.

Mi sono detto: Guardali bene, essi vanno e vanno come previsto dagli orologi, chi a piedi, chi in macchina, chi con altri mezzi, si affrettano verso le strade degli acquisti, o verso le strade dei divertimenti, o verso le strade dove infine potranno dormire; affollano i viali, le piazze, i vicoli, camminano sempre percorsi da brividi, ma non aspettano niente, e soprattutto non ci pensano neanche per sogno d'essere perduti. Sono così, come l'acqua e la polvere, vagano e lavorano, vagano e acquistano, vagano e dormono. Dormire e dormire, questo sì è importante.

Ricordo d'esser sceso una domenica sera in metropolitana, e dopo mi sono ritrovato in rue des Petits Carreaux, dove c'è il mio ufficio, a guardare la porta dove entro ogni mattina. Credo di aver spinto il pulsante d'apertura del piccolo portone e d'essermi accorto che stavo per salire; l'abitudine mi guidava, è questo che fa girare il mondo. Qualcuno è passato salutandomi confidenzialmente: "Come va?" Non ho risposto, stava piovendo.

Camminando sotto la pioggia, forse ero in Etienne Marcel, ho cominciato a rimuginare pensieri che non avevo mai avuto, che non mi appartengono e dunque non riconosco come miei. Non li ricordo neanche, cerco di immaginarli, forse invento tutto. Non importa, imbrogliamo pure il pensiero asfissiante; che almeno l'essere senza speranza porti a questo, e senza rimorsi.

Una passeggiata serale, sto raccontando una passeggiata serale e mi vengono i brividi giù per la schiena. Dio dov'è andato a nascondersi, esattamente? Cosa ci faccio al mondo con questi baffi e questo berretto a quadretti? Perché cammino e respiro e sento lo scorrere del tempo?

Chissà come sono capitato in square des Innocents, sempre l'innocenza sul mio cammino. Forse l'innocenza è un demone che tutti tirano ad incastrare, dedicandogli santuari di vendita di oggetti stupidissimi, oggetti che brillano, oggetti colorati; ma quando l'avranno del tutto incastrato, cosa accadrà? Ecco altre mie riflessioni.

In square des Innocents ho visto una moto Honda 750 parcheggiata accanto alla fontana, l'ho riconosciuta e mi sono accorto che riesco a riconoscere tutte le marche di motociclette, volendo. In una pozzanghera vedevo i riflessi al neon del locale di fast food che è sulla piazza; riuscivo a capire tutti i gesti delle persone che erano in quel locale, di quelli che uscivano con un sandwich in mano, o mangiando patate fritte, o bevendo Coca-cola. Non ero estraneo a niente di ciò che mi circondava, conoscevo alla perfezione i costumi di questo mondo.

Mi sono visto così per un attimo, anch'io esperto dei costumi di questo mondo, capace di parlarne e spiegarli e magari giustificarli come "mutamento storico". È una possibilità, mi sono detto, ma io sono un'altra persona, mettiamocelo bene in testa.

Mi è sorto il desiderio di mescolarmi alla folla, sono sceso di nuovo in metropolitana. E là sotto ho avuto voglia di seguire i movimenti della gente, dei gruppi di ragazzi che vengono a Parigi la domenica per andare al cinema, e poi di essere quel giovanotto zotico che faceva scoppiare petardi, quello che prendeva in giro una vecchia, quello che faceva un discorso al popolo. Mi è piaciuto ritrovarmi alle Halles, là nella profondità della terra, in mezzo alla moltitudine, ed essere trascinato fuori nella calca da una muta di lupi o vitelli, non so; e poi ascoltare gli sbandati del boulevard Sébastopol, che parlavano a mezze parole, senza frasi, e mandavano al diavolo un uomo altero pieno di frasi, uno che assomigliava esattamente a me.

Risalendo sulla piazza, nei bar, mi piacevano quelli che parlavano forte, strillando da maleducati. Li guardavo affascinato contraddire sempre, contraddire tutti, senza riguardi per nessuno. Sono passati due flic ed è sorto in me un amore per tutti i poliziotti del mondo: È meraviglioso, mi sono detto, loro sono la feccia della terra, lo sanno, e senza falsa modestia vanno in giro a testa alta. Vorrei essere anch'io così.

Sulla piazza è passato un carretto pieno di mobili vecchi, trascinato da tre ragazze con capelli lunghi e vecchi stracci che pendevano da tutte le parti; anche loro controfigure dell'esistenza, a imitazione di povere mendicanti. E ho avuto voglia di seguire quelle ragazze, incantonarle una ad una nell'ombra di rue St. Martin, diventare la belva sessuale che assalta le fanciulle, facendo smorfie, strangolando ecc.

Sul quai dell'Hôtel de Ville da lontano i lampioni avevano un alone rossastro, ma da sotto la luce diffusa spandeva colori freddi, dall'azzurro all'indaco. Le macchine arrivavano a gran velocità verso il ponte e tutte sembravano avere una direzione precisa; lontano s'è sentito il grido a due note di un'autoambulanza e sul marciapiede nessuno s'è sorpreso; ho visto una donna che ha alzato un braccio e un taxi s'è fermato proprio davanti a lei; due ragazzi hanno attraversato la strada di corsa e uno ha perso una scarpa.

Sotto gli alberi del quai qualcuno diceva nell'ombra: "Dove l'hai sentita quella storia?" Più avanti una donna anziana commentava con vigore: "È giusto!" Una specie di hippy in maglietta a righe stava dicendo ad un altro: "Abito a Noisy-le-Sec." In un bar qualcuno faceva conversazione e ho pensato: Viene bene, è una bella conversazione. Mi è sorta una grande simpatia per quelli che parlavano al tavolo accanto, erano attenti e abili con le parole.

Ho avuto l'impressione che una guancia mi crollasse per effetto della vecchiaia e della forza di gravità. Avrei voluto parlare con qualcuno di come si invecchia. Sono uscito dal bar, era tardi.

Come un cane al guinzaglio ero ricondotto verso casa da una controfigura di me stesso con baffetti alla francese. Per quanto ne so, le stelle lontane e gli anelli di rotazione delle nebulose e i globi prodotti dall'aggregazione della materia, tutto questo continuava nello stesso modo e con gli stessi risultati; ma per me rientrando in rue d'Armenonville tutto s'era già striminzito ad un pugno d'apparenze che mi ponevano quest'unica domanda: Tu chi sei? Il resto sempre molto prevedibile.

In casa ancora dovunque grandi macchie d'umidità e qualche piccolo pantano, dovuti all'allagamento. Cosa di cui non m'importava un fico, e non importava neanche a mio figlio, a quanto ho potuto giudicare. Dopo cena sono tornato a riflettere su quanto era accaduto a partire da quella domenica di rivelazione, davanti a questi appunti che prendo per non lasciarmi sorprendere.

Rivedevo mio figlio nel parco grattarsi la testa come una scimmia, guardando i riflessi del sole sulle cromature d'una moto Yamaha. Lo vedevo dai gesti e da come spalancava gli occhi che era stato preso di colpo da una passione, e che non avrei mai più potuto salvarlo. Qualcosa fuori di lui l'aveva scosso, e quando me n'ero accorto era già troppo tardi; il suo demone era già stato incastrato dalle apparenze, e mio figlio si grattava, si grattava, stupito.

Dopo circa un'ora di riflessione mi sono detto: Che mio figlio si vesta di borchie, si metta orecchini da femmina, o si faccia imprenditore edile, cosa cambia? Tutto è così prevedibile. Anch'io sono ormai esposto alle cose, e tra poco mi renderò conto che faccio parte delle apparenze, come tutti; allora, rileggendo questi appunti, mi prenderò forse per un mediocre comico che ripete all'infinito gli stessi gag con suo figlio.

Poi ho mormorato tra me: "Vedo già la mia sorte. Ma, almeno per questa serata del cavolo, sono ancora io, fino a prova contraria!" Ho abbandonato i miei appunti e sono andato in camera di mio figlio per controllare cosa facesse, interrogarlo sull'effetto che quelle cromature avevano avuto sul suo povero cervello.

Mio figlio non faceva niente, era disteso sul letto col corpaccione troppo grande per la sua età, nudo con addosso solo le mutande. Guardava il soffitto ascoltando la monotonia infinita di quella musica, di quella donna negra che ripete sempre le stesse frasi, melanconiche, non si sa per chi. Gli ho chiesto a bruciapelo: "Cosa fai?", e lui s'è drizzato sul letto a guardarmi senza rispondere.

Sono andato a togliere il nastro, una piccola cassetta in un registratore, e cercavo di spezzarla facendo pressione sui bordi con i pollici. Ci siamo guardati di sfuggita negli occhi come padre e figlio, ossia in cagnesco, come si usa; ma lui non reagiva neppure, pensava ad altro.

Non riuscivo a rompere quella cassetta, si storceva soltanto. Mi sono visto lì in maglietta che facevo inutili sforzi per spezzare un piccolo oggetto di plastica, e chissà perché. Agivo come se fossi cieco e non vedessi più nessuna meta nella mia vita d'uomo e di padre.

Uscendo dalla stanza ho sentito mio figlio che sbadigliava rumorosamente alle mie spalle, indifferente a tutto, incomprensibilmente sereno. Forse lui vive nei sogni; io no, come uomo e padre lodevole, io ho sempre detestato i sogni.

Ma adesso uscendo da quella stanza era come se andassi lontano, molto lontano dal figlio, del quale avevo già scordato la faccia. Quanto a me non so che faccia avessi; certo avevo ancora i miei baffetti, ma per il resto ben poco era prevedibile.

Mi sono infilato nel letto fumando una sigaretta nel buio, concilia il sonno. Il pensiero è corso ai miei genitori morti, italiani venuti in questo paese a cercar fortuna, che la bestia giovanile non ha mai conosciuto perché io non ho mai voluto li conoscesse; perché non volevo sapesse da quale discendenza di sofferenti animali, quasi selvatici, egli proveniva attraverso di me. Tra l'altro parlavano un pessimo francese, e questo mi è sempre parso un buon motivo per non farglieli conoscere.

I miei genitori dormono in un cimitero italiano vicino al mare, in Calabria, nei pressi d'un ristorante per turisti molto costoso. Prima di addormentarmi cercavo di immaginare che prezzi facessero in quel ristorante, per un pasto completo.

Quando si è cominciato qualcosa bisogna continuare, come i passi che vengono uno dopo l'altro, come i pali della luce che vengono uno dopo l'altro, senza fermarsi mai. Forse che ci fermiamo a contare i pali della luce quando camminiamo? Sarebbe assurdo, bisogna continuare, continuare.

E così continua quest'uomo verso l'opaco avvenire, dopo la stesura del memoriale che abbiamo appena letto. Continua ogni giorno in ufficio a guardare per ore la finestra, ed a firmare fatture commerciali che la segretaria del suo ufficio, la non più giovane signora Agnès, gli porta ogni momento, in ragione del notevole incremento nel volume d'affari della sua ditta.

Ma verrà il giorno in cui quest'uomo dirà alla signora Agnès: "Non posso firmare perché non sono più io, sono un'altra persona." E per confermarle l'esattezza delle sue parole, si sporgerà a darle un bacio sulle labbra, sussurrando: "Non sono più io, mi creda. Desidero che qualcuno mi ascolti, e invoco la sua comprensione."

La signora Agnès si presterà benevolmente a dargli ascolto, e quest'uomo le parlerà di mille cose in modo sconclusionato, dell'acqua che scorre e poi evapora nell'universo, dei figli e dei padri, ed anche di alcune vacche svizzere che una volta l'avevano guardato con l'aria di dire: "Oh, là c'è qualcosa nel mondo."

Poi lo stesso uomo avrà fretta di andarsene dall'ufficio prima dell'ora di chiusura, e scenderà in fretta le scale spinto da un impulso che punterà come una bussola verso il suo oscuro polo celeste. A casa riempirà con pochi indumenti una vecchia valigia di fibra rigida, trovata per strada da suo figlio, e si metterà alle orecchie il walkman del figlio, accendendolo per ascoltare la voce incomprensibile d'una donna negra che canta, monotona, sempre le stesse frasi.

Allora ad un tratto vedrà se stesso in una vicenda sconosciuta, sentendosi finalmente per qualche motivo simile agli altri, e come gli altri sulla rotta d'un ignoto avvenire dell'innocenza.

Poche ore dopo uscirà di casa con un berretto a quadretti, calzoni alla zuava, occhiali scuri, baffetti alla francese, walkman attaccato alle orecchie. Con un taxi passerà a raccogliere la signora Agnès, nel frattempo divenuta bionda a causa d'una bellissima parrucca, e tutta vestita di rosso con alti stivali di vernice, come una guerriera.

I due, in taxi, si faranno condurre all'aeroporto, certo ormai un po' cambiati all'apparenza, e persino irriconoscibili quando saliranno in aereo, se non altro per le espressioni di lieta e turistica attesa.

Nell'ultima immagine che qualcuno avrà di loro, essi saranno in un grande pianoro tra le montagne, entrambi in costume da alpinisti e con bastone da alpinisti, in procinto di avviarsi verso le montagne innevate sul fondo. Cammineranno di buon passo e sempre con espressioni di lieta attesa, per andare dove? Dove? Ma chi può dirlo dove un uomo sta andando? Spesso si crede di saperlo, ma è un errore.

Tutto quello che si sa è che bisogna continuare, continuare, continuare come pellegrini nel mondo, fino al risveglio, se il risveglio verrà.

INDICE

Stampa Grafica Sipiel
Milano, giugno 1989